KB107130

풍경을 담다

풍경을 담다

초판 1쇄 인쇄 | 2020.01.10
초판 1쇄 발행 | 2020.01.20

지은이 | 김기정
발행인 | 황인욱
발행처 | 도서출판 오래

주　소 | 0491 서울시 마포구 토정로 222, 406호(신수동, 한국출판컨텐츠센터)
전　화 | (02)797-8786~7, 070-4109-9966
팩　스 | (02)797-9911
이메일 | orebook@naver.com
홈페이지 | www.orebook.com
출판신고번호 | 제2016-000355호

ISBN 979-11-5829-055-9 (03800)

이 도서의 국립중앙도서관 출판예정도서목록(CIP)은 서지정보유통지원시스템 홈페이지(http://seoji.nl.go.kr)와 국가자료종합목록 구축시스템(http://kolis-net.nl.go.kr)에서 이용하실 수 있습니다. (CIP제어번호 : CIP2019050923)

마음 물결을 일렁이게 했던 네개의 풍경

풍경을 담다

김기정 산문집

圖書出版 오래

풍경이 바뀐다.

하루가 지나며 하루의 길이만큼 풍경이 달라지고, 변해가는 풍경이 달을 밀어내고 해를 넘긴다. 나는 한 지점에 오랫동안 서서 풍경의 변신을 지켜본다.

살아가는 일은 그런 것 같다. 땅에 발을 붙이고 서 있어야 세상 갖가지 형상들이 슬라이드처럼 움직인다. 사는 일은 서 있는 일, 서서 관찰하는 일이다. 보면서 생각한다. 풍경이 이 시대의 역사 현장에 무슨 뜻을 품고 드러나 보이는지, 내가 서 있는 이 공간에서 연일 변용되는 것은 또 무슨 연유인지 생각하는 일이다. 어떤 모습으로 바뀌는 것이 더 나을까 상상해보는 일이다.

뭔가를 써 두어야 한다고 생각하기 시작했다. 기록하지 못한 것들이 거의 태반이다. 그러나 시선에 포착된 현상들이 마음 속 물결을 일렁이게 했던 의미들을 골똘히 생각하고 연유를 적어 두는 일이 필요할 터이다. 기록이란, 흔적이다. 세상이 나의 눈과 머리에 남기고 싶었던 자취다. 내가 숨 쉬며 살아왔던 발자국이기도 하다. 그러면서 희망을 은근히 내 보이는 일이다.

누군가는 내가 전하고 싶은 풍경들을 활자로 읽을 것이다. 내가 서 있는 자리로 초대하여, 눈의 높이를 맞추고, 나의 기억과 나의 상상을 나누려 한다.

아직은 조금 더 서 있어야 하고, 조금 더 많이 눈을 열어야 하고, 조금 더 가슴을 떨어야 하고, 조금 더 기록해둬야 한다. 그런 일들이 남았다.

'오늘은 여기까지'

수업을 종료할 때마다 일단 마침표를 찍는다. 중간 마침표들이 모이고 쌓여 이윽고 종강(終講)을 알릴 것이다. 그때까지다.

2019년 12월

연희관에서 김기정

CONTENTS

CONTENTS

CONTENTS

3. 국경 안의 정치 풍경 _ 115

CONTENTS

4. 풍경, 국경 밖 _ 169

1. 하루가 발견한 삶의 풍경

안다는 것, 모른다는 것

내가 아는 것이 과연 무엇일까?
내가 모르는 것은 또 무엇일까?

유학시절 나의 지도교수가 농담 삼아 던졌던 말이 있다. 내가 박사 종합시험 준비에 진을 빼고 있을 때였다. '넌 아마 너가 무엇을 모르는 지도 잘 모를거야' (You don't know what you don't know.) 실제 그랬다. 석박사과정의 코스워크를 지나면서 닥치는 대로 전공 서적과 논문만을 읽은 후였다. 내가 무엇을 아는지, 무엇을 모르는지 조차도 제대로 알 수 없었다. 읽은 것들을 꿰어 맞추는 과정은 뒤죽박죽의 연속이었다.

우리 선생님은 한마디 덧붙였다. '너가 종합시험을 합격하고 나면 이제 알고 있는 것이 무엇인지 정도는 알게 될 것이다.' (You know what you know.) 그런데 덧붙이기를, 다시 박사논문을 구상하고 써야 할 시기가 되면 '알고 있는 것이 진짜 아는 것인지 다시 고민하게 될 거야.' (You don' t know what you know) 박사 학위 논문 작성의 과정은 그런 고민이 지배했던 시간이었다. 아는 것과 모른 것 사이에, 안다고 생각했던 지식 사이에서 헤매기도 했고 타협하기도 했다. 많은 경우 학위란 야망(ambition)과 시간 사이, 어딘가에 존재하는 타협의 산물이므로.

'그렇다면 박사 이후에는요?'

그의 대답은 이랬다. '내가 아는 것은 과연 진리일까? 이 세상에는 내가 모르는 것이 너무 많아. 내가 모르는 것이 많다는 정도는 알게 될 것이다. (You know what you don' t know) 그러면서 고민이 시작되는 것이지.'

학문하는 사람의 자세에 대한 교훈이라고 생각했다. 지식탐구에 대한 경외가 함축된 말일 것이다. 학문을 한다는 것은 진리를 탐구하는 과정이다, 그런데 진리에 대한, 그리고 진리 탐구에 대한 겸허한 자세를 잃게 되면, 선부르게 익힌 지식은 독이 되고 만다. 세상을 소란스럽게 만드는 원인 중의 하나가 뭘 좀 안다고 믿는 사람들이 함부로 내뱉는 자기확신적 주장이다.

가끔 정책공공외교 일 때문에 외국 학자들, 전문가들, 혹은 관료들을 만나는 때가 있다. 자기소개서에 적힌 학력이 화려한 사람들도 있다. 그런데 그들의 입에서 쏟아지는 생각들이 참 못나 보일 때가 종종 있다. 짧은 지식으로 '뭘 좀 아는 척' 뱉어내는 정책 아이디어들이 비수를 품은 듯 표독할 때도 있고, 아집으로 똘똘 뭉친 허무맹랑한 경우도 많이 본다. 공감능력은 거의 제로다. 책으로는 분명 다양한 이론과 철학을 공부했을 텐데 성찰(省察)는 빈약하고 입에서 쏟아내는 사고(思考)는 좁디좁아 보인다. 사람의 행위, 국가의 행동의 복잡성에 대한 별 고민없이, 너무 단선적으로 지식을 활용하려는 경우다. 상상력도 빈곤하다. 이럴 때 지식은 사유(思惟)의 안내자가 아니라, 독(毒)이 된다. 그런 지식이 정책의 근거가 된다면, 그것은 '지식의 저주' 에 다름 아니다. 그런데 그런 사람들이 어디 외국에만 있으랴.

'진리를 추구하려는 사람을 추종하라. 그러나 진리를 찾았다고 주장하는 사람은 더 이상 따르지 말라.' 이전에 미국 하버드 대학의 화장실에 낙서형식으로 적혀 있었다고 전설처럼 전해지는 메시지다. 진리를 터득했노라고 외치는 사람들은 어쩌면 도그마에 빠져 있을 가능성이 높다는 것을 경고한 말이다. '내가 모르는 것은 무엇일까' 라는 고민조차 하지 않으면 자기 확신의 도그마에 쉽게 빠져버리게 될 것이다. 사이비 종교도 대개 그런 방식으로 생겨난다.

'내가 알고 있는 것은 진리에 얼마나 가까이 있을까?' 그런 본질적 고민 때문에 많은 학자들은 겸허한 태도로 지식을 대면하게 된다. 20세기 천재수학자이자 수리철학자였던 쿠르트 괴델 (Kurt Goedel)이 남겼던 유명한 이야기가 있다. '진리라는 것은 어쩌면 증명의 밖에 있을지도 모른다.' 21세기 초, 인간의 지식은 여전히 불완전하다. 불완전한 증명의 방식도 미완의 지식을 징표한다. 학력의 스펙 뒤에 감춰진 불완전한 지식이 각종 정치사회 현상을 만들어 가는 주범이 되어버린다면, 얼마나 기가 막힌 이야기인가.

박사 학위이후 30년, 학문이 직업이 되었다.

내가 알 수 없는 것들이 나에겐 아직도 너무 많다. 부끄럽지만 그나마 다행스러운 일이다.

꿈꾸는 일의 즐거움

살아가는 동안 온갖 궂은 세상일들을 목도하면서 이런 저런 비판도 하고 한숨도 쉰다. 비판과 한숨은 우리로 하여금 끝없이 꿈을 꾸게 한다. 법률과 갖가지 제도의 틀 속에서 작동되고 있는 세상일이란 것이 역사의 어떤 시기에도 완결적 형태였던 적은 없다. 그러므로 미완이 남겨놓은 빈 공간에 대해 꿈을 꾸어보는 것은 거의 필연적 일의 하나가 된다.

세상일의 아쉬운 점에 대해서, 또 부족함 때문에 절망감이 몰려 올 때 그 절망감의 무게만큼 꿈이 필요하다. 그 속에는 자신의 미래에 관한 꿈도, 세상의 미래에 대한 꿈도 포함되어 있다. 때론 전혀 이루어지기 힘든 망상(fantasy) 수준에 가까운 것일 때도 있고, 제법 그럴싸한 형태로 실천 가능성을 점쳐보기도 한다. 그 어떤 것이든, 뭔가에 대해 꿈을 꾸는 일은 지극히 사적(私的) 영역의 일이다. 그리고 지극히 자유로운 행위다.

자유는 자유를 억압하는 두 가지와 늘 대척점에 있다. 하나는 규율과 억압을 전제로 한 법률적 장치이며, 다른 하나는 "어쩔 수 없다"라고 체념하게 만드는 숙명이다. 전자의 경우, 자유를 향한 인간의 갈망은 흔히 "나는 소망한다. 나에게 금지된 것을"이라는 문구로 표현되기도 한다. 후자의 경우, "삶이란 절반의 운명과 절반의 자율(자유)로 구성된 것"이라는 말로써 그 의미를 새삼 되새기도 한다.

인간은 누구나 죽음을 맞이한다. 유한한 목숨이기 때문에 현생의 각종 시스템에 대해 더 많이 절망하고, 또 진화의 속도에 좌절하며 더 많은 꿈을 필요로 하는지 모른다. 때론 너무나 꽉 짜인 일상 속에서, 혹은 꽉 짜인 일상을 강요하는 세상 속에서 꿈을 꾸는 일조차 부담스러울 때도 없지 않다. 생각하는 일조차 버거워하고 버리려 한다. 거대한 기계의 톱니바퀴 틈에서 하나의 나사못 같은 부품이기를 강요하는 문명의 시대를 살고 있기 때문이다.

그래도 꿈을 꾸고, 또 생각하기를 멈추지 않아야 한다. 어느 누구이든, 그의 인생은 거대한 세상일에 비해 비록 일천하나, 이 지구 위 생물체의 장대한 역사에서 나(我)라는 존재는 오직 하나 뿐이다. 그러므로 현세에 이루어지지 않는 것에 대해 꿈을 꾸고 금지된 온갖 것들을 생각하는 일은 오로지 나만의 일이다. 어느 누구도, 그 어떤 제도적 장치도 나의 머릿속을 지배할 수 없다.

제도나 사상, 이념도 불변의 것은 없다. 특정 시대의 이론, 그것에 근거하여 사람들의 머리와 행동을 지배하려는 이념이 다음 시대에서는 '쓰잘데기 없는' 한낱 폐품으로 전락할 수도 있다. 중세 신학, 마녀지식과 마녀재판, 제국주의 시대의 사회진화론, 인종주의 등이 그런 운명이지 않았는가. 이 시대, 나를 지배하려는 것들이 내가 죽고 없어진 먼 훗날 그처럼 무용지물이 되어 있다면, 그렇게 폐품이 될 사상이나 관습에 의해 나의 생이 얽매여 있었음을 훗날이라도 알게 된다면, 나의 삶이 너무 초라했다는 생각이 들지 않겠는가. 따라서 사랑, 자유, 평등, 생명, 평화 등 보편적 가치라고 여겨지는 것들 외에 내 마음을 온전히 다 주기는 싫다.

내가 무엇을 비판하고 무엇을 꿈꾸는 지는 오로지 나의 몫이다. 그 어떤 법률적 조항으로도 인간의 생각하는 영역과 내용을 장악

하고 통제할 수 없다. 그러므로 세상에 “불온한 사상”이란 없다. 기존 시스템을 지키고자 하는 사람들이 집단적 패악질을 부리려 할 때 특정 사상을, 또 그것을 생각하는 사람의 머릿속을 감시하고 처벌하려 한다. 그리고 그것을 제거하려고 합의하기도 한다. 노래도, 시(詩)조차도 불온하다며 금지시킨 정권도 있었다. 그러나 불완전한 현실을 못미더워하며 뭔가 다른 방향으로 갔으면 좋겠다는 아주 사소한 생각들에 의해 세상은 조금씩 변해왔다.

세상은 쉬이 바뀌지는 않을 것이다. 가끔 한숨 쉬며 그렇게 은근히 좌절하고 그렇게 나를 달랜다. 대부분의 사람들이 생각하기를 끊고 작은 기계부품처럼 묵묵히 살아가므로. 거대한 관성이 전통이라는 이름으로, 신념이라는 훈장을 달고 활개치고 있으므로. 그러나 차마 이루어지지 않을 것 같은 미래에 대해 생각하는 일은 인간에게 주어진 즐거움의 하나다. 법률의 엄숙함과 숙명의 무거움에 대해 딴지를 걸어보라. 세상은 그런 작은 일탈들에 의해 변화할 준비를 갖추게 될 것이다. 즐겁게 생각하고, 황홀한 꿈을 꾸라. 그것은 이 세상 누구도 간섭하지 않는 자신만의 성(城)이요, 나의 영토다.

그리움의 사적 소유

수많은 자유 중에
그리움의 자유가
단연 으뜸이다.

그 어떤 권력도
내 머릿속을 들여다보지 못한다.
나의 희망도
나의 사상도
나의 그리움도
나의 것이다.

그리움이 내 머릿속의 일일 때
불온한 그리움이란 없다.
전희(前戲)의 시간도 충분하고
후희(後戲)의 몸짓에도 속박이 없다.
사랑의 기억이 자유로이 날고
지켜야 할 약속도 차고 넘친다.

생명있는 너를

나는 소유하지 않으련다.

그러니 그리움만은 온전히 나의 것이다.

생각을 끊지 않고

지우려 하지 않고

잊고 싶지 않다는 열망을 묻어두지 않을 때

그리움은 비로소 바다가 된다.

남국의 바다는

나의 바다다.

목련은 운명처럼 핀다.

세상 모든 만개(滿開)는 다 이유가 있는 법이다.

아버지 돌아가셨던 그 봄날에 목련은 왜 그렇게도 흐드러지게 자신의 몸을 열어댔는지, 그때는 그저 야속하기만 했다. 함박웃음 지으며 피는 저 목련이 꼭 그 무렵에 피는 이유를 깨닫는데 꽤 시간이 걸렸다.

그게 사랑이었구나.

아버지는 사진 속에서만 빙그레 웃고 계셔서 야속하기만 했는데, 함박웃음 짓는 법은 이 세상 떠나신 뒤에야 배우셨구나. 이별이 한참이나 지난 뒤 나를 이렇게 그리움으로 달아오르게 하시나 보다.

봄이 연둣빛을 세상 안으로 밀려 올려 숨죽여 지냈던 것들의 갱생(更生)을 알릴 때, 사랑 외에 또 무엇을 상상할 수 있단 말인가? 목련이 아니면 과연 누가 사랑을 알린단 말인가. 그리움도, 기다림도 오로지 사랑의 편린(片鱗) 같은 것이다.

4월이 되어야 비로소 그리움이 살내음을 풍기기 시작한다.

4월이 되어야 기다림이 시작되고, 나머지 계절을 견디게 한다.

인간사에서 사랑은 운명처럼 모습을 드러낸다. 4월이 되어야 그 뜻을 알 수 있다.

사랑은 척박해졌던 마음에서 소생(蘇生)하는 기운이다.

이별을 뚫고 소생한 목련은 우리에게 그저 살아 있으라 말한다. 살아 있어야, 이별이 그냥 끝나는 것이 아님을 알게 될 것이라고. 살아 숨 쉬고 있어야 운명처럼 만나야 할 사람을 운명처럼 만나게 될 것이라고 타이른다.

목련이 피며 나에게 말했다.

4월이 되어 스스로를 풍성하게 만드는 이유는 만남과 이별이 모두 자신의 계절에서 시작했기 때문이라고.

게살 덮밥, 밥 위에 기억이 쌓여 있었다

삿포로 시내에 니조시장이란 곳이 있다. 규모는 아주 작으나 북해도 근해에서 잡힌 해산물들, 특히 게 종류를 매대 위에 놓고 파는 곳이다. 시내 중심이라 관광객들 발길로 붐빈다. 털게 한마리에 3,000엔~7,000엔 정도다. 이곳 시장과 살을 맞대듯 몇 개의 식당이 있다. 가니돈(게살덮밥)을 주문했다. 흰 쌀밥위에 게살이 그득했다. 바다가 입 안으로 들어오며, 기억이 살아났다.

아버지 돌아가신지 40년이 넘었다. 어린 시절, 아이들은 대청마루에서 함께 밥을 먹었고, 아버지는 안방에서 독상으로 진지를 드셨다. 어머니가 따로 준비한 아버지의 밥상은 늘 경이로웠다.

겨울과 이른 봄에 걸쳐 통영에도 털게가 많이 잡혔다. 어머니는 게살을 일일이 발라 게등딱지 (우리는 게대가리라고 불렀다) 안에 '수북히' 올려 아버지 밥상 위에 놓으셨다. 아이들에게 그런 호사는 상상조차 못하는 일이었다. 노동한 만큼 성과가 만족스럽지 않는 일 중의 하나가 게 까먹는 일일 터.

안방 문밖에 앉아 아버지가 밥상을 물릴 때를 내내 기다렸다. 기대만으로도 군침을 삼켜가며. 아버지는 어김없이 게살을 남겨 놓으셨다. 수북했던 게살의 절반은 족히 되었으리라. 남겨진 게살은 순식간에 입안으로 사라지고, 게대가리 안에 밥을 넣고 조선간장 몇 방울 흘려 넣은 다음, 비벼먹었던 맛은 가히 일품이었다. 게맛은 사라지고 간장 맛만 날 때까지 몇 번이나 비비는 짓을 반복하곤 했다.

게살덮밥 위에 탐스럽게 쌓인 게살을 바라보며, 아버지 기억을 떠올렸다. 게살처럼 하얗고 수북한 기억들이다.

혹시라도 언젠가 재회한다면 한 번 여쭤보고 싶다.
'아버지, 게 살 왜 매번 남기셨어요?'
씨~익, 웃으실 거다. '알면서 왜 물어?' 그런 표정으로…

이국땅에서 맞았던 아버지 기일, 낯선 곳에서 낯익은 맛으로 아버지를 생각했다.

작가 김은희의 통영·바다

그의 바다는 특별하다.

조용히 누워있는 것이 아니라 쉴 틈 없이 몸을 움직이는 바다다. 가쁜 숨을 쉬는 듯 움직이는 그 바다를 작가는 예사롭지 않게 포착하여 말을 건넨다. 바다는 그 물음에 대답하듯 몸을 떨기 시작한다. 바다는 결코 무뚝뚝한 아비는 아니었다. 부녀(父女)의 대화가 조심스레 시작되고, 그 곳의 바다는 강처럼 흐르는 동작을 만들어 낸다. 물이 흐르고 또 흘러 마침내 아무것도 남겨져 있지 않다고 짐작할 무렵, 작가는 그 곳에서 그리움의 꽃을 찾아낸다. 그의 바다는 캔버스 위에서 눈물어린 화원(花園)으로 태어난다.

작가에게 망망대해 바다는 의미가 없다. 변색의 형용이 불가능하기 때문이다. 땅과 더불어 존재하는 바다라야 바다로서 의미를 갖는다. 그 구도는 누구에게는 생명을, 누구에게는 어울림을 연상시킨다. 그러나 바다와 땅이 단지 무표정하게 함께 존재하는 것은 아니다. 땅은 바다로부터 비로소 돋아났고, 섬들이 솟아나기 시작했다는 점을 작가는 명백하게 표현한다. 바다는 태초 모든 움직임의 처음이었던 것이다. 바다로부터 모든 것이 시작되었다. 모든 사람의 시작, 고향의 의미도 거기에 있다. 그리움조차 바다로부터 돋아났다는 점은 그의 작품들이 보여주려는 일관된 주제이기도 하다.

그런데 그런 바다 중의 바다가 통영바다다. 호수의 자태와 같은 도도함도 있고, 해풍(海風)을 만들어내는 동적 에너지도 통영바다에 있다. 코발트빛이었다가 짙은 잿빛 구름이 되기도 한다. 지상의 모든 색조는 통영바다로부터 시작된 것이다. 작가는 통영바다로 들어가 스스로 바다가 되는 일을 마다하지 않는다. 그것이 고향이기 때문이다. 그의 그리움이기 때문이다.

그러므로 작가 김은희에게 있어 '통영을 품다' 의 연작은 그의 고향, 통영바다에 대한 그리움으로 압축된다. 그의 작품들은 분명 통영을 '품고' 있다. 바다를, 그 바다와 어울리게 배치된 땅들을 껴안고 있다. 그러나 '품고자' 하는 대상이 몇 걸음 거리 안이 아니라 그 밖에서 존재할 때, 잡고 싶어도 쉽게 손에 잡히지 않을 때, 우리 곁에 존재해야 할 것들이 단지 기억 속에서만 풍요롭게 찰랑거릴 때, 그 절절한 간극 속에서 그리움이 솟아난다. 통영 바다를 내내 품고자하는 그의 열망은 애절한 불꽃이 되어 작품으로 태어난다. 그러므로 '품는다'는 것은 역설적으로 쉽게 품지 못하는 현실에 대한 자각이다. 어린 시절, 기억 속으로 되돌아가야만 비로소 재회하고, 비로소 품을 수 있다고 되뇌는 고통이기도 하다.

통영바다에 대한 그의 그리움은 치열하다. '통영'이라는 두 글자만 들어도 눈물을 뚝뚝 흘리는 그의 애절한 그리움이 작품 이곳저곳에 숨길 수 없이 드러나 있다. 풍요로웠던 기억을 제한된 화폭으로 담아내면서 그 작업을 연작으로 구상하는 그의 그리움은 차라리 인고(忍苦)에 가깝다. 통영의 풍광에 대한 그의 해석과 재구성이 극사실화로 표현되는 것이 아니라, 거친 듯 투박한 질감으로 표현하려 했던 것도 고향을 향한 그의 그리움이 겹겹이 축적되고 눌려진 탓이다. 통영바다를 임파스토(impasto) 기법에 더하여 비구상으로 표현하려는 시도는 눈물을 감추려는 그의 고통 때문일 것이다.

2017. 10.

※ 작가 김은희는 통영 풍경을 연작으로 작품 활동을 하고 있는 화가다.
이 글은 2017년 12월 그의 뉴욕작품전 도록에 실었던 글이다.

노회찬 의원이 떠난 세상

수 년 전 일이다.

존경했던 분의 영결식장, 제일 뒷자리에 앉아 있었다. 고령이시긴 했지만 크게 심각하지 않은 수술을 위해 수술실에 들어가서서 영영 일어나지 못하셨다. 더 사셔야 했던 분이다. 이 세상에 좀 더 계셔서 좋은 이야기 많이 해주셔야 했던 분이었다.

영결식장에서 조문객으로 온 몇몇 사람들 면상을 보니 '저들보다 선생님이 먼저 가셔야 할 이유가 대체 무엇이란 말인가?' 하는 생각이 절로 들었다. 남은 자들은 허위와 탐욕을 훈장처럼 달았던데, 맑고 고운 눈으로 세상을 봤던 사람은 왜 저리도 허망하게 가시는지. '새들이 날아오르고 쪼다들만 남은 세상이 되어가는구나' 라는 생각이 들었다.

노회찬 의원과는 생전에 단 두 번의 대화가 있었다. 나와는 동년배였다. 우리가 동시대에 다녔던 학교는 매번 '상대교' 였다. 용기 넘치고, 지적이면서 명랑했다. 이 양반과 다음에 좀 길게 대화를 나누면 참 재미있겠다는 생각이 절로 들었다. 다른 길 걸어온 것 같으나 비슷한 점도 쉽게 찾아낼 수 있을 것 같았다.

참담하다. 우울하다.
무슨 세상이 이 모양이람. 가야할 사람들은 넘치도록 남아있는데.
탐욕과 후안무치가 일상이 된 이런 세상을 우리가 만들어살고 있다니.
무슨 세상이 이따위냐.

천상병은 '아름다운 소풍길' 이라 했는데
박노해는 '그래도 사람이 희망이다' 노래했는데
노무현은 '바다로 가는 길을 포기하는 강은 없다' 외쳤는데.

그 말들 믿으며 이상주의자로 낙인찍히면서도
그래도 살아 볼만한 세상이라 생각했는데.

맑은 꽃들이 먼저 세상을 버리는 사회.
우리 사회가 어떻게 이 모양, 이 꼴이란 말인가.
살아남아 있으면 쓰레기 틈에서 헤어날 수 있을까?
더 파묻혀 나도 쓰레기처럼 되고 말 것은 아닌지 두렵기
짝이 없다.

(2018.07.30.)

도심잔설(都心殘雪)

북국(北國)의 4월, 눈은 거의 목숨을 잃었다. 이 무렵까지 도심의 한켠에 남겨져 있는 눈을 보면, 애절하기 그지없다. 특히 길옆에 치워진 눈들은 거무튀튀한 오물로 더러워져 있다. 지난겨울, 햇눈으로 이 세상이 내려앉았을 때 이렇게 변해버릴 자신의 모습을 상상이나 했겠는가.

세상의 모진 시스템에 의해 거리의 눈들이 한켠으로 치워지면서 저 눈들은 상처를 받았다. 기억이 움츠려 들고 외모는 흉해졌다. 태어날 때 상처하나 없이 태어나지만 살아가며 수없이 상처를 입어야 하는 인간 삶과 다르지 않다. 상처를 주고받도록 설계

되어 있는 인간사회의 못난 시스템 때문이다.

세상 시스템만의 문제일까? 세상으로 내려앉은 후, 눈들이 가졌을 법한 '욕망' 때문은 아닐까? 세상의 먼지조차 빨아들이고자 했던 욕망. 그래야 쉬이 녹지 않을 것이라고 믿었던 망상 때문은 아니었을까?

그 어떤 연유라 하더라도 이것은 노추(老醜)에 다름 아니다. 나이가 들어가며 추해지는 것을 경계하지 않으면 실패한 삶이 되고 말 것이라는 두려움이 생긴다. 나이가 들어가면서 관용과 용서가 더 풍성해져야 한다. 푸근한 심성으로 살아야 한다. 사람과 사람 사이, 너그러움과 온기가 살아있어야 한다. 공동체란 그래야 하는 것이다.

만약 욕망과 시기심이 삶과 세상을 지배하게 내버려 둔다면, 그것을 관록과 경험이라 칭하며 훈장처럼 자랑한다면, 그런 부끄러움조차 알아차리지 못하게 된다면, 살아왔던 삶도, 이 인간의 거리도 4월의 길 위에 저 흉한 눈처럼 추해지지 않을까.

박경리 선생은 '버리고 갈 것만 남아 너무 홀가분하다' 라고 마지막 시를 남겼다. 그의 노년은 틀림없이 벌판의 눈처럼 맑고 평화로웠을 것이다.

어느 제야(除夜)에

한 해를 보내는 세모(歲暮)가 되면 꼭 읽어야 하는 시가 있다.

어린 시절부터 내가 살던 집 벽에 걸려 있어 익숙하게 봐왔던 시화(詩畵)였다. 김대중 정부 시절 감사원장을 지냈던 한승헌 변호사의 시였다. 그는 법조인이면서 또한 시인이기도 했다. 그가 젊은 검사로 나의 고향 통영에서 근무할 무렵 이 시를 쓰고 시화전을 했다. 1960년대 초반이었을 것으로 짐작한다. 당시 나의 선친과 당시 한검사는 꽤나 절친했던 사이였다고 한다. 후년 한변호사께 이 시화 액자가 집에 있다고 말씀 드렸더니 나의 선친을 기억해 내신 것은 물론, 그 시화 액자를 선친께서 구입하셨던 일까지 기억하셨던 것으로 보아 그렇게 짐작한다.

이 시는 마치 매년 그해의 세밑을 위해 미리 써 둔 것처럼 매번 느낌이 생생하다. 어떤 일 년이더라도 격랑을 품지 않은 세월이 없겠으나 매년 연말 이 시를 다시 읽으면 마치 그 해에 꼭 맞게 쓰인 것 같은 시적 감상이 생긴다. 특히 갈등해소의 메커니즘을 서둘러 포기해가는 정치문화 때문에 통합보다는 큰 상처와 아우성만 남는 한 해를 보낼 때마다.

어느 제야(除夜)에

한승헌

그 많은 아우성과
그 많은 상실(喪失)을 남기고
너는 갔다.

모래알 같은 우리 생애(生涯)의 언덕으로
쓰디 쓴 행렬(行列)은 밀려오는데

소리 없이 역류(逆流)하던 뜨거운 해일(海溢).

그 진한 핏방울로 하여
그 억센 분노(憤怒)로 하여
그 다 하지 못한 기원(祈願)으로 하여

아직도 우리에겐 내일이 있어야 한다.
가슴과 가슴마다 폭풍(暴風)이 불어
이만 역사의 노점(露店)을 부셔야 한다.

인간(人間)의 거리와 거리
다 함 없는 목숨의 노래.
여기 우리 선의(善意)의 심전(心田)을 가꾸며
또 한 번 해가 바뀐다.

인생위기론

상처 없는 삶이 없듯이 위기 없는 삶도 없다.
인생에 찾아오는 위기는 나이에 따라 각각 얼굴이 다르다.

10대 때 부모를 잃으면 위기가 온다.
20대 때 꿈을 잃으면 위기가 온다.
30대에 돈을 너무 벌면 위기가 온다.
40대에 능력이 있어도 발휘할 수 있는 기회가 없으면 위기다.
50대에 배우자를 잃으면 위기요
60대에 돈을 잃으면 위기다.
70대에 살아왔던 길을 잃으면 위기가 되고

80대 이상 나이에는 죽어서 가야할 길을 잃으면 위기다.

대학에서 가르치는 일을 직업으로 하면서 젊은이들에게 자주 강조하는 대목은 20대 위기론이다. 꿈을 꾸는 것은 젊은 청년들의 특권과도 같은 것이다. 청년들이 꿈을 꾸지 않으면 세상은 죽은 세상이나 같다. 꿈을 가져도 소용이 없다고 생각하기 시작하면 그 사회 전체에 꿈이 사라지는 것과 같다.

꿈이란 미래 세상을 향한 이상(理想 ideals)이다. 대학이란 10대 후반, 20대 초반의 청년들에게 풋풋한 이상을 간직하게 만드는 곳이다. 20대의 젊은이들이 푸른 꿈, 원대한 이상을 쉽게 포기한다면 자신들 인생의 위기만이 아니다. 대학의 위기요, 사회의 위기다.

흐르는 물처럼 살아라

흐르는 물처럼 살아야 한다는 것은 다른 사람과 어울리며 살아야 한다는 뜻이다.

물은 서로 어깨를 토닥거려 주면서 앞으로 나간다. '流水不爭先' 흐르는 물은 서로 앞은 다투지 않는다. 경쟁이 지나치게 과도한 세상은 물의 원리를 잊어버린 세상이다. 타인과 공감하면서 공생하고, 공존하며 살아야 한다는 것이 공동체의 진정한 뜻이다. '배워서 남주나' 라는 말이 있지만, 배우는 것은 궁극적으로 남에게 주기 위한 것이다. 지식도 타인에게 나눠줄 때 마침내 생명력을 가지게 된다.

흐르는 물처럼 살아야 한다는 것은 낮은 곳을 적시기 위해 살아야 하다는 뜻이다.

이 세상 모든 물은 아래로 흐른다. 물이 모여드는 호수도 산 정상보다 높은 곳은 없다. 리더는 낮은 곳에 있는 사람들을 향해 있어야 한다. 낮은 곳에서 소외받는 사람들에 대해 공감할 수 있는 능력이 리더의 진정한 덕목이다. 군림하려는 리더는 권력욕 그 이상 그 이하도 아니다.

흐르는 물처럼 살아야 한다는 것은 어떤 경우라도 꿈과 이상을 포기하지 말아야 한다는 뜻이다.

이 세상 모든 물은 아래도 아래로 흘러 시내와 강을 이룬다. 작은 시냇물이건 제법 웅장한 큰 강이건 모든 강은 바다로 향한다. '바다를 포기하는 강은 본 일이 없다.' 바다로 흐르는 강은 이상을 포기하지 않은 물이다. 그리 살아야 조금씩이라도 나아지는 세상 만드는 일이 가능하다.

무지개, 그리고 꿈꾼다는 것

"somewhere over the rainbow"

영화 '오즈의 마법사' 에 나오는 노래다. 영화이건, 노래건 무지개란 '꿈' 과 연결되어 있다. 파란 새들이 노래하고 먹구름과 걱정들이 물러선 곳. 거기가 무지개 저 편 어디라는 것이다.

'꿈' 을 품고 있다는 것은 '내일은 오늘보다 더 나은 그 어떤 것' 이라는 믿음이고 소망이다. 세상은 '보다 나은 그 무엇' 을 열망하는 꿈들 때문에 조금씩 향상되어 왔다. 꿈이 이루어지는 속도는 대개 느리다. 꿈을 방해하는 요소들이 세상 이곳저곳에 숨어 있기 때문이다. 인간 존재의 불완전성 때문인지도 모른다.

그러나 꿈조차 버려진 세상이라면 그 얼마나 가혹하랴. 꿈은 우리를 살아 움직이게 만드는 미묘한 동력이다. 우리 모두에게 그러하다.

나의 조교들이 붙여둔 나의 연구실 문패는 '꿈꾸는 103호'다. 내가 꿈을 꾸듯, 나는 저들도 함께 꿈꾸게 했나보다. 수년 전 스승의 날, 이미 30대 중반을 넘긴 전임 조교가 편지를 낭송했다.

"꿈으로 제 위치를 물었던 날이 까마득했습니다. 꿈보다 목표가 익숙했고 이상보다 현실이 가까웠으며, 상상보다 직시가 현재를 사는 올바른 태도라 생각했습니다. (중략) 오늘은 꿈을 삶에서 영영 떼어놓지 않고 살게 해주신 것에 감사드리고 싶습니다."

꿈은 속도가 느리다. 그래서 소용없다 말하기 시작한다. 20대 젊은이들이 한 때 가졌던 꿈들은 나이가 들면서 거의 예외 없이 다 깨진다. 늙은 세대들이 만들어 작동시키고 있는 사회 곳곳의 괴기한 시스템 때문이다. 젊은이들의 꿈을 방해하는 요소들이 세상 이곳저곳에 악착같이 숨어 있다. 나이가 들어버린 나는 공범의식에서 자유롭지 않다.

그러나 꿈꾸는 일조차 내팽개치진 세상이라면 그 얼마나 가혹한가. 아직도 그들에게 나는 말한다. '그럼에도 불구하고 꿈을 크게 꾸라. 꿈은 20대의 특권이자 의무이기도 하다. 그 꿈은 깨질 것이다. 그러나 큰 꿈을 가져야 그것이 비록 깨지더라도 남은 조각들은 크게 남는 법이다.'

여행의 인수분해

누구나 한두 번쯤 '여행 가고 싶다' 말한다. 여행의 어떤 대목이 그리 마음을 설레게 하는지 따로 시간 내어 생각하지는 않는다. '여행' 이라는 낱말이 이미 상당히 고가의 가치를 지닌 신화(神話)가 되었으므로.

'여행도 구간별 해체가 필요하다. 독해가 필요하다.'

짐을 싸며 상상한다. 여행을 구성하는 각 구간은 풍경, 음식, 호텔방이다. 간혹 낯선 타인과의 조우를 여행의 로망이라 말하는 사람도 있으나 나는 그게 무섭다. 그러므로 망상에 가깝다고 혼자 논박한다. 사람이 가장 두려운 존재일 때가 있다. 낯설기라도 한다면 더욱 두렵다. 나는 그렇다.

멋지다는 풍경도 감탄사 내뱉은 지 1분을 넘기지 못하고 곧 익숙해지고 사소해진다. 사소해진 풍경을 보며, 대부분 다른 생각에 잠긴다. 두고 온 일 생각, 세상사에 대한 고민이다. 음식은 음미의 대상이 되는 첫 술을 넘기고 나면 나머지 시간은 체중걱정의 고통을 남긴다. 호텔방은 혼자 상상이 가능한 공간이다. 다만, 잠자는 시간 매분매초를 감탄하며 자는 사람은 없다.

나는 여행이란 것이 '출발' 이어서 설렌다.

캐리어를 끌고 집을 나서는 첫 발걸음, 비행기 안으로 내딛는 그 걸음. 호텔방 문을 열고 발을 집어넣을 때가 가장 설렌다.

그런데 나는 대체 어디로 출발하고자 나선 것인가?

걸음 걸으며 그런 일들을 생각한다. 미지일까? 미래로 나를 보내기 위함이었을까? 그것은 어쩌면 나를 향해가는 길일지도 모른다.

낯선 공간에서야 별안간 나를 생각한다.

밀폐된 공간이 편해지는 것은 나 외에 달리 살펴 볼 그 무엇이 없기 때문이다. 고독이라는 것과 마주보며 앉을 때라야 비로소 내게 가장 소중한 것들을 떠올린다.

여행이란 그런 것이다.
낯선 공간에서 나를 보는 것이다. 내가 무엇을 애절하게 갈망하는지 비로소 알게 하는 일이다.

사랑과 이별의 심리에 관한 새로운 국어사전

고백: ① 마음 속 상상으로부터 비롯된 두려움을 마침내 이겨내는 일; ② 두 사람 사이에서 자신의 감정이 더 절실하다는 것을 기어이 알려야 하겠다는 자의적 판단; ③ 용기 없다고 스스로 책망하기를 포기하는 행위

그리움: ① 좋아하는 사람을 자주 만날 수 없게 만드는 각종 현실 장벽에 대한 저항심리; ② 상대방 모습을 잊지 않도록 재확인하는 이미지 인화과정

공감: ① 기쁨과 아픔의 정도를 공개적 토론 없이도 직관으로

알 수 있는 교감 능력; ② 특정 상황에 대한 두 사람의 언술적 반응이 동일하면서 동시간으로 나타나는 교감의 정도

배려: ① 상대를 나 자신보다 더 소중히 생각하고 싶은 헌신의 심리; ② 나의 허물과 잘못에 대해 상대방 관용을 요구하는 기대심리; ③ 내가 해 준 것보다 상대방에게 더 많은 것을 요구하는 이기적 욕망

열망: ① 상대방도 나처럼 깊이 사랑에 빠져있으면 좋겠다는 기원이자 소원; ② 서로 신뢰를 유지하고 재생산해 낸다고 믿는 심리적 토대; ③ 자신보다도 상대가 더 중요하다고 간혹 느끼게 되는 심리 혹은 착각

질투: ① 좋아하는 상대에게 내가 모르는 뭔가가 진행되고 있다는 불안한 상상; ② 사랑하는 사람을 그 어떤 누구와도 공유할 수 없다는 배타적 판단; ③ 가끔 분노로 치닫게 되는 경쟁심리; ④ 집착으로 진행되는 초기 증상

애절함: ① 메시지를 보내놓고 '읽음' 표시가 사라질 때까지

기다리는 시간, 혹은 그 시간동안 벌어지는 불안감의 심리현상; ② 혹시나 상대방이 먼저 메시지를 주지 않을까 기대하며 스마트폰 화면으로 시선을 자주 이동하는 심리; ③ 상대에 대한 사랑이 서서히 집착으로 변해간다는 사실을 인정하지 않겠다는 마음 상태를 묘사하는 전략적 용어

독점: ① 사랑하는 관계에서 자주 빠지게 되는 착각; ② 사랑하는 두 사람 관계에서 제3자가 나타났을 때 비로소 의미를 가지는 단어

모른 체 해 준다는 말: ① 알고 싶어도 물어보지 않겠다는 결심의 표현; ② 질투심을 드러내지 않으려는 이성적 몸부림; ③ 망각으로 이어지는 예비단계

모른 체 해 달라는 말: ① 관심을 가진 들 뾰족한 수가 없을 것이라는 심리를 표현하는 선언; ② 상대에 대한 체념의 간접적 요구; ③ 더 이상 알고 싶어 해서는 안된다는 일종의 경고

미안하다는 말: ① 자신의 능력 부재, 그러나 어쩔 수 없는 현실을 받아들이는 표현; ② "내가 할 수 있는 것은 여기까지야"라는 의미의 겸손한 표현

분노: ① 상대적 박탈감 (연애의 이전 시기와 비교하거나 또는 제3자의 등장으로 인해 생기는 최초 위상의 상대적 변화)에 대한 감성적 표현; ② 배려의 (2번) 정의 (즉, 나의 허물과 잘못에 대해 상대방 관용을 요구하는 기대심리)가 충족되지 않을 때 생기는 감정

관계가 예전 같지 않다는 푸념: ① 두 사람이 공유했던 열망의 불일치; ② 간절함의 불일치; ③ '아주 오래된 연인'의 시작 단계

이별: ① 열망이 더 이상 나의 것이 아니라는 체념

망각: ① 잊고 싶지 않다는 열망의 소멸(消滅)

기형도의 "대학시절"을 다시 읽다.

2019년, 기형도 시인 30주기다. 정외과 79학번이니 입학도 꼭 40년이 되는 해다. 나는 기형도를 만나 본 적이 없다. 나의 대학 졸업은 1979년 2월말이었고, 그 며칠 뒤 기형도가 입학했으니 함께 대학생활을 하지 않았다. 정외과 학생으로 연세문학회에 참여했다는 공통점이 있긴 했으나, 활동시기가 겹치지 않았으므로 정치학도가 문학의 길을 두드린 연유에 각각 무엇이 닮았고 어떻게 달랐는지 문답해볼 기회는 없었다. 내가 공부를 마치고 귀국한 것이 1989년 여름이었는데, 기형도는 그해 3월 유명을 달리했다. 선후배들을 통해 그의 안타까운 죽음에 관한 이야기를 들었다. 그의 천재성과 천재의 요절에 관한 이야기였다.

서른을 넘기지 못했던 청년 기형도. 그의 글들은 무엇을 필사적으로 증언해 보이려 했을까 고민해본다. 인간이 살아 숨 쉬는 행위, 그리고 삶의 결에 숙명처럼 붙어있는 죽음이 아니었을까 짐작해 본다. 그리고 개인사를 짓눌렀던 역사에 대한 증언이었을 것 같다. 절망과 죽음이 지배하는 시대가 단지 80년대만은 아닐 것이다. 죽음이 삶과 영속적으로 결합되었다는 사실을, 이승의 문명세계가 위기의 시대로 내몰리고 있음이 보통사람들의 눈에는 쉽게 포착되지 않는다. 청년 기형도는 삶과 죽음의 불가분성에 대해 처절하게 고뇌했던 흔적이 역역하다. 그는 전투를 치르듯 시구 하나하나에 단단하게 절망을 담았다. 그리고는 자신의 아버지의 죽음을 표현했던 것처럼 '유리병 속의 알약이 쏟아지듯' 세상을 떴다.("위험한 가계 · 1969") 그는 자신의 죽음을 모든 사람의 삶에 현재화했다.

그는 죽음을 시 문학 영역에서 철학과 만나게 했다. 따지고 보면 죽음만이 인간 실존을 증명하는 유일한 방법이 아닌가. 생명이 죽음과 맞물려 있다는 점은 인간에게 가장 예측가능한 전망이다. 그러한 진실을 그는 직시하였다. 그러므로 그의 삶과 영혼은 '어둡고 축축한 세계' 에서 '검은 페이지' 가 대부분이었음을 숨기지 않는다.("오래된 서적") 그의 데뷔작 "안개"도 삶이 죽음과 무수히 얽혀져 있음을, 그리고 '느릿느릿 새어나오는' 아이들처럼 그 자신도 모순으로 덮여있는 '안개의 군단' 속을 걷고자 했던 선언이었다.("안개") 그러나 어찌 두렵지 않았겠는가. '내 입속에 악착같이 매달린 검은 잎이 나는 두렵다' 라고 자백했으니 말이다.("입 속의 검은 잎")

이별은 그에게 죽음의 다른 표현이었다. '나를 한번이라도 본 사람은 모두 나를 떠나갔다' 고 자탄한다.("오래된 서적") 이별은 잃어버린 사랑을 '빈 집에 가두' 어 두는 일이다.("빈 집") 절연과 상실은 열망이 '더 이상 내 것이 아님' 을 선포하는 일이다. 그래서 '짧았던 밤', 창밖의 '겨울안개', 무심하던 '촛불', '공포를 기다리는 흰 종이', '망설임을 대신하던 눈물' 은 이생의 부질없는 열망을 표상한다. 열망을 뒤로하고 '장님처럼 문을 잠그' 는 일은 가장 애절한 이별의식이었다.("빈 집")

그가 가장 머뭇거렸던 이별은 대학을 떠나는 일이었다. 2004년, 79학번 재상봉 행사의 사회를 맡은 적이 있다. 그의 시 한편을 같이 읽었다. "대학시절" 이었다. 40대 중반이 되어 교정에 다시 돌아온 그들에게 기형도의 대학시절을 상기시켰다. 기형도는 요절했으나 당신들은 요절하기에 이미 늦어버렸다고 힐난하면서. 그러니 더 오래 살아 기형도를 기억하라고 요청했다. 그것은 나 자신에 대한 다짐이었는지 모른다.

'버려진 책들이 가득' 한 학교의 나무의자들, '깊고 아름다웠' 던 '은백양의 숲' 이 기형도의 대학이었다. 그러나 '나뭇잎조차 무기로 사용' 하면서도 아름다운 숲을 애써 외면하려 했던 격동의 시대였다. 교수들조차 말을 잃었던 그 시대, 연희관 돌층계에 앉아 플라톤을 읽었다는 기형도의 시대 묘사는 장중하고 처절하기까지 하다. 최루탄 연기들이 춤을 추듯 자욱한 교정에서 기형도는 아마 플라톤의 『국가론』을 읽었을 것이다. 국가는 개인에게 과연 무엇이어야 할까 고민하면서. '대학을 떠나기가 두려웠다' 고 기형도는 나지막이 외쳤다. 그가 끝내 이별을 선언하기 두려웠던 대학. 그가 머물고 싶어 했던 돌층계 옆에 그의 시비 하나 세우는 일조차 수월하지 않다.

2019년 3월 「연세춘추」

발신과 교신의 열망

마틴 루터 킹 목사의 유명한 연설, '나에게는 꿈이 있다' (I Have a Dream)는 각종 명문장들로 채워져 있다. 정치와 사회, 역사와 미래를 고민하는 독자들의 시선에 영감을 불어 넣는 그런 문장들이다.

연설문의 주제와는 다소 다른 느낌으로 영감을 주는 문장도 있다. 이를테면 이런 표현이다. 60년대 초 미국 흑인들의 정치참정권이 제한받고 있는 현실에 대한 비판을 킹 목사는 이렇게 표현한다. "미시시피의 흑인들은 투표할 수가 없고, 뉴욕의 흑인들은 (투표권은 있으나) 투표할 대상이 없다." 무엇인가를 할 수 없고,

하고 싶어도 그 대상이 존재하지 않는 상황은 상상만으로도 처절하다. 투표에 관한 얘기가 아니다. 비유적으로 그 말이 와 닿기 때문이었다.

생각해보면 삶이란 편지하는 일로 채워진 과정이다. 편지는 마음을 발신하는 일이다. 누군가에게로. 발신은 수신을 전제로 한다. 시인 고은은 '가을엔 편지를 하겠어요. 누구라도 그대가 되어 받아주세요' 라고 읊조렸다.

편지가 일상에서 사라져간다. 하루에도 수 십 통의 이(e)메일이 쌓이지만, 발표, 토론, 출장 등 일에 관한 통보가 대부분이다. 순응하겠다는 다짐, 가끔은 저항하겠다는 의지 정도만 이 메일에 담는다. 살면서 내 마음 속의 일을 누군가에게 발신하는 일, 수신을 기대하는 일, 교신을 기다리는 일은 뜻밖에 생경한 일이 되어버렸다. 편지를 쓴다는 행위가 아주 아득한 옛일이 되었다. 발신하고 싶은 그 무엇은 있으나, 교신할 그 누군가가 존재하지 않게 되었다.

걸음을 옮길 때마다, 편지에 적당한 문장들이 툭툭 머리를 건드린다. 교신은커녕, 발신조차 아득한 편지쓰기는 얄궂게도 걷고 있을 때 가장 활발해진다. 그리고는 나의 밖을 나가지 못하도록 편지글들을 가둔다. 내 안의 일은 대부분 안의 것으로 가두면서 살았다. 발신하고 싶은 얘기들은 지독하게 절제되었다.

가끔 상상한다. 발신은 교신을 기다린다. 교신은 '연결' 에 대한 열망 때문일 것이다. 교신을 통해 세상과 연결되고, 그래야 세상 속에서 혼자 '망명정부를 수립하는 일' 따위는 피하고 싶을 것이기 때문이다.

나이가 들어가며 감정을 숨기는 일에 점차 익숙해진다. 감정들은 혼자서 말라간다. 무덤덤해지고 태연해진다. 감정이 말라가는 속도는 피부가 말라가는 속도보다 훨씬 빠르다. 노화(老化)는 장기가 쇠락해지는 것이 아니라 감정이 말라가는 과정이다.

편지를 쓰고, 발신을 하고, 교신을 기대하는 것은 스스로 고립을 자초하지 않기 위한 최후의 몸부림 같은 일이다. 이 교신 열망의 끈마저 놓아버리면 자폐할 일만 남겠다는 두려움도 있다. 청마 유치환은 그래서 '비록 이것이 너에게 보내는 마지막 편지라 할지라도.' 라는 문구를 유언처럼 넣었나보다.

간격

속초에 산불이 번져 밤새 숲을 태웠다 한다.

꽤 오랜 시간 불길이 살아남아 나무와 나무 사이를 쏘다니며 제 몸을 태웠을 것이다. 시인 안도현이 전하려 했던 광경을 나는 상상한다.

"벌어질 대로 최대한 벌어진, / 한데 붙으면 도저히 안 되는, / 기어이 떨어져 서 있어야 하는, / 나무와 나무 사이 / 그 간격과 간격이 모여 / 울울창창 숲을 이룬다는 것을 / 산불이 휩쓸고 지나간 / 숲에 들어가 보고서야 알았다." (안도현 "간격", 부분)

안도현은 타나 남은 숲을 보며 사람과 사람사이에 벌려놓아야 하는 거리에 대해 생각했다. 사실, 모든 인간의 사이에는 '간격'이 있다. 합쳐지지 못하므로. 그러나 동시에 하나로 합쳐지는 것을 모든 인간은 갈망한다. 그 불합리함 때문에 이 세상 모든 사랑 시(詩)가 탄생한다.

시인 정현종은 '섬' 이라는 짧은 시에서 "사람들 사이에 섬이 있다. / 그 섬에 가고 싶다"라고 노래한다. 그 섬이 연결에 대한 갈망인지, 소통부재에 대한 회한인지는 독자의 해석에 따라 다르다. 떨어져 있으되, 하나 되고 싶은 열망은 인간을 존재하게 만드는 가장 근원적 동력인지도 모른다.

그러나 레바논 출신 시인이자 화가였던 카릴 지브란(Kahlin Gibran)은 "현악기들의 줄들이 같은 화음을 내면서도 혼자이듯이 / 함께 노래하며 춤추며 즐기되 서로는 혼자 있게 하라"라고 충고한다. 안도현이 발견한 '간격' 을 지브란은 삶의 원리로서 제안한다. 인간과 인간이 서로를 하나로 합치겠다는 시도가 이미 불가능하다는 사실을 그는 알고 있으므로.

그럼에도 '울울창창 숲이 되기' 를 갈망한다. 육체 사이에는 간격이 있으되, 울울창창 숲을 이루고 싶은 것은 '섬에 가고 싶다'는 정현종의 열망과 동일하다. 땅 위의 나무들은 '짐짓 혼자인 양 솟아오르다가 / 하늘 가까운 곳에 이르러 / 마침내 서로의 머리를 어루만지며 / 사랑을 속삭인다.' (김기정, "나무가 숲이 되었다 함은" 부분) 나무들이 서로의 머리를 맞대고 어루만져주는 사랑으로 숲이 만들어진다. '간격'을 유지하되 사랑하는 일. 사람이 해야 하는 일들이란 그것이 전부인지도 모르겠다.

이름들

종재를 마치고 집에 돌아와
오늘 하루를, 지난 7주를,
어머니의 삶을, 어머니와 맺었던 우리의 삶을 생각합니다.

누군가에게 어떤 이름으로 불리면서 우리는 살고 있지요.
어머니도 90여 평생, 수많은 이름으로 불렸더군요.
어떤 이름으로 불리며 우리는 살았을까요?
아버지가 지어주셨고 어머니가 불러주셨던
그 이름으로서의 존재는 점점 사위어갑니다.
다른 이름들이 우리 생애를 이미 지배하기 시작했습니다.

남아있는 나의 이름들이 뭐가 있을까 생각합니다.

어머니가 목숨의 옷을 사뿐히 벗어던진 날,
우리는 상복을 벗고
남은 시간동안 우리가 살아가야 할 일을,
우리가 이 세상을 떠날 시점의 이름을 생각합니다.

이름은 이승에서 사람들이 나눈 정분의 흔적이고
기억인 셈입니다.
바닷가 바위에 붙어있는 갯고동같이
우리에게 붙어있는 이름들과 우리 존재의 본질이
같기도 하고 어긋날 수도 있을 겁니다.
'우리는 어떻게 불리며 살았는가'
'나의 삶은 무엇이었을까?

불필요한 세속의 관습들이
그 속의 욕망들이 많은 '이름' 을 만들고 부르기도 합니다.
'그래서 너가 왕이냐?
'그것은 다만 당신의 말(이름)일 뿐이지요…'
(유대교) 종교의 규율과 직위란 것이 다만 사람들이 만들어 작

동시키는
세속의 방식이라는 것을 따끔하게 지적하는 말이지요.
그것이 인간 삶을 규정하는 본질은 아니다.
뭐 그런 뜻이 아닐까 짐작해 봅니다.

이름 속에 나의 삶을 남기는 일,
아름다운 이름으로 남으려 분투한다는 것.
그것이 살아가는 목적이 아닐까 싶습니다.
종재를 마치고 일상으로 돌아온 날
비 내리는 자태가 하도 어수선하여
몇 자 적었습니다.

2. 화면 위의 풍경

영화 에세이 (1) :

사랑의 불완전성

인간들은 사랑을 갈망한다. 사랑에 빠진 두 사람은 나눠진 육체마저 하나라고 믿으며 사랑을 확인하고 싶어 한다. 급기야 영혼조차 하나로 결합될 것으로 믿기 시작한다. 영원할 것이라는 환각에 빠진다. 그러나 영원히 지속가능한 육체와 영혼의 결합은 없다는 의미에서 사랑은 애초부터 불완전하다. "공간을 뛰어 넘는 사랑은 있을지라도 난폭한 시간 앞에서 막막하지 않은 사랑은 없다." (이광호, "연애시를 읽는 몇 가지 이유" 『쨍한 사랑의 노래』) 그 원초적 불완전성 때문에 인간들은 사랑을 가로막는 각종 알리바이를 만들어 내고, 그 만들어진 알리바이를 탓해가며 끝없이 가능한 사랑이야기들을 노래하기 시작한다. "Somewhere in

Time.” 이 영화도 그런 열망이 만들어 낸 연애시(詩)의 하나다.

“Somewhere in Time.” 우리말로 번역하면 “시간 저편 그 어딘가에” 정도로 번역할 수 있겠다. 1980년에 개봉되었던 이 영화는 한국에서도 TV로, 그리고 비디오로 소개되었다. “사랑의 은하수”라고 붙여진 우리말 제목은 좀 뜨악했다. 사실 미국 박스오피스 개봉당시 인기 순위나 비평가들의 평가는 별로였다. 그러나 꽤 오랫동안 많은 사람들의 사랑을 받고 있을 만큼 야릇한 매력을 지닌 로맨스 영화이기도 하다. 이 영화의 주제곡으로 사용되었던 라흐마니노프의 ‘파가니니 주제에 의한 랩소디’라는 곡이 미국 오디오 숍에서는 “Somewhere in Time” 영화 주제곡이라는 제목으로 판매되고 있을 정도다.

영화 스토리는 대략 이러하다. 1972년, 대학 졸업연극 공연을 마친 젊은 작가 리처드 콜리어(크리스토퍼 리브 분) 앞에 늙은 할머니 한 사람이 다가와 회중시계 하나를 손에 쥐어주며 한마디 말을 남긴다. ‘Come back to me.’ 그로부터 8년의 시간이 지난 후, 유명작가가 된 콜리어는 새로운 작품구상을 위해 무작정 시카고를 떠난다. 하룻밤을 묵기로 한 그랜드호텔의 역사전시관을 구경하던 중, 콜리어는 그 곳에 전시된 아름다운 여인의 사진을 보는 순간 기이할 정도의 강렬한 느낌을 가지게 된다. 단순히 매력을 느끼는 정도를 넘어 사진 속 여인과 사랑에 빠진 것이다. 수소문 끝에 사진 속 여인은 1910년대 이후 유명했던 여배우 엘리스 맥케나(제인 시모어 분)이며, 그 사진은 1912년 그랜드호텔에서 공연 당시 찍었던 사진이라는 사실도 알게 된다. 일생이 신비에 가려져있었던 여배우, 맥케나가 죽기 전 마지막 찍었던 노년의 사진을 보는 순간, 콜리어는 숨이 멎을 정도의 충격을 받는다. 자신의 졸업공연 때 회중시계를 건네주었던 바로 그 할머니였던 것이다.

맥케나가 생전에 살았던 집을 방문한 콜리어는 그 곳에서 그녀의 비서였던 사람으로부터 맥케나의 삶에 관한 이야기를 듣게 된다. 그리고 1972년 대학 연극무대를 다녀온 그날 밤, 숨을 거두었다는 사실도 알게 된다. 맥케나가 평생을 두고 읽고 또 읽었던 책이 『시간여행』(Travel Through Time)이라는 사실을 전해들은 콜리어는 그 책의 저자를 찾아간다. 콜리어는 책의 이론처럼 자기최면에 의한 시간이동이 가능하다는 것에 확신을 갖게 된다. 그랜드호텔의 자신의 방에서 마침내 1912년의 시점으로 옮겨가기로 결심한다. 열병처럼 지독한 그리움, 그리고 그녀를 만나게 된다는 설렘을 안고 시간을 거슬러 올라가기로 한 것이다. 그 곳에서 마침내 젊은 시절의 멕케나를 만난다. 그리고는 짧은, 그러나 너무나 강렬한 사랑을 나누게 된다. 엄격한 통제를 가하려 했던 멕케나의 매니저 윌리엄 로빈슨 (크리스토퍼 플러머 분)의 방해에도 불구하고 멕케나도 운명처럼 콜리어를 받아들인다. 이 대목까지는 너무나 강렬한 사랑 스토리다. 그러나 이 영화는 인간 사랑의 본원적 불완전성을 일깨워 주는 것을 잊지 않는다.

시간여행이 과학적으로 가능한 일이냐고 일축하는 사람들에게 이 영화는 한낱 허무맹랑한 이야기일 뿐이다. 그러나 과학이란 이름으로 모든 것들이 제대로 설명될 수 있으랴. 21세기, 우리가 알고 있는 지식은 인간의 사랑만큼 불완전한 것인지 모른다. 사랑은 모든 현세적 판단을 마비시킨다. 시간도, 세월도, 그리고 마침내 죽음도 갈라놓지 못할 것이라고 믿는 것은 사랑의 묘약이 품어내는 자기 확신의 주술이기도 하다. 사람이 사람을 만나 사랑의 늪에 애절하게 빠져가는 과정에는 숨죽일 정도의 떨림이 있다.

엘리스 맥케나는 자신의 인생을 바꿔놓을 그 사람이 바로 하루 전에 만났던 콜리어라는 사실을 확신한다. 그것은 사랑이었다. 사랑을 확인한 맥케나가 소곤거리듯 말했던 무대 위 즉흥적 독백은 이 영화의 백미이기도 하다. 객석에 앉아있던 콜리어 뿐만 아니라, 영화 속 두 사람의 운명적 끌림을 지켜보는 모든 관객들의 가슴을 요동치게 만든다.

> "평생 꿈꾸어왔던 내 맘 속의 그 사람.
> 그 사람이 당신이란 걸 금방 알아차리지 못해서 미안해요.
> 이런 감정을 느껴본 적조차 없으니 알아보지 못한 것은 어쩌면 당연할 거예요.
> 해야 할 말은 무수히 많이 떠오르는데 무슨 말을 해야 할지는 모르겠군요,
> 단지 이 말 밖에는…
> 사랑해요."

가수 양희은은 "사랑, 그 쓸쓸함에 대하여"라는 노래에서 '사랑이 끝나고 나면 세상도 끝난다' 고 하였으니, 그 장렬한 쓸쓸함 역시 사랑의 절실한 표현 외는 다른 것은 결코 아니다. 절실함은 애초의 불완전성의 조건 때문에 더욱 애절한 것이기도 하다.

영화 에세이 (2) :

'메디슨 카운티의 다리'(1995)로부터의 회신(回信)

가슴 저릿하고 여운이 길게 남았다. 사랑이라는 이름 속에 작동하는 절실함의 비밀을 이토록 아름답게 표현할 줄이야. 이 영화를 보면서 중년의 사랑, 결혼이라는 제도와 사랑의 임계점에 관한 번민을 그렸던 또 다른 영화, 메릴 스트립과 로버트 드니로가 주연했던 "Falling in Love"라는 영화 장면도 함께 떠올렸다.

사랑이라는 것은 도대체 무엇인가?

사랑에 빠져드는 순간의 떨림과 망설임, 나를 모두 내주더라도, 이 세상 모든 것과 바꾸더라도 괜찮을 것 같은 황홀함의 극치, 그리고 그 이후 냉정하게 다가서는 현실(제도)이라는 벽, 그 현실 속에서 무언가 결정을 내려야 하는 상황의 절박함. 그리고 애절한 이별 의식, 이별을 통해야만 가능하게 되는 영원한 사랑. 이런 주제들이 이 영화를 만들어 간다.

1. 사랑과 소유

영화 속 남자 주인공, 로버트는 자유주의자다. 사랑은 결코 소유의 대상물이 아님을 주장한다. 모든 것을 '소유'의 관점에서 바라보는 인간들을 경멸한다. 사랑은 소유의 대상이 아니다. 사랑하는 사람도 소유의 대상이 될 수 없다. '소유할 수 없는' 사랑에 대해 로버트의 일관된 생각은 "당신이 (내게) 필요하다는 생각은 하고 싶지 않다. 왜냐하면 가질 수 없으므로" (I don't want to need you, because I can't have you.)라는 대사에 극명하게 드러난다. 그러면서 로버트는 보통 인간들의 (왜곡된) 관점을 비판한다. 소유욕의 관점에서 타인을 본다는 것이다. '너는 나의 것' 이것이 보통 사람들이 생각하는 사랑의 일반적 표현이다. 사람은, 그리고 사랑은 결코 소유의 대상이 아니라는 것이 로버트의 신념이다. 사랑 그 자체는 상대방을 독립적 개체로서 인정할 때라야 비로소 위대한 의미로 존재하게 된다.

2. 운명적 만남일 것이라는 확신

자신은 평생 사랑을 갈구해 왔다고 로버트는 고백한다. 그런 사랑을 만나기를 그는 늘 애절하게 열망하고 있었다. "평생 동안 찾아 헤매는 사랑이 있다. 어쩌면 많은 사람들은 그것을 포기하고 사는 지도 모른다." "그런 것 (사랑을 평생 맞아 헤맨다는 짓)을 아예 믿지 않는 사람들도 있다." 그러면서 "당신을 만나기 위해 나는 평생을 떠돌아 다녔는지도 모른다"고 마침내 고백한다. 그의 진지한 표정에서 바람둥이의 기질은 볼 수 없다. 그는 아마도 진정한 사랑을 열망하는 사람이었고, 그러므로 진정한 방랑자였을 것이다.

그랬던 로버트는 자신과 프란체스카의 만남이 운명적인 만남이라고 확신을 가지기 시작한다. 프란체스카도 이런 로버트의 생각 속으로 젖어 든다. 사실 드러내고 살지 못했지만 프란체스카도 그런 사랑을 평생 갈구하며 살았을 것이다. 이별 전야 프란체스카의 말, "이런 사랑이 찾아올 줄 몰랐다. 영원히 간직하고 싶다." "이렇게 찾아 온 사랑, 영원히 지키고 싶다. 영원히 사랑하면서.." "마음속에서 영원히.."라는 고백에도 영원한 사랑에 대한 갈구 심리가 잘 드러나 있다.

로버트도, 프란체스카도, 어쩌면 우리 모두 그런 사랑을 평생 갈구하며 사는 지도 모른다. '운명적' 이라는 말은 얼마나 위대한 것인가. 어떤 경로의 삶을 살아왔건 필연적으로 만날 수밖에 없는 그런 사람을 마침내 사랑으로 만난다는 것은 황홀한 일임에 틀림없다. 로버트의 말대로 '많은 사람들은 그것을 포기하고 살아가므로'

로맨티스트일수록 결단은 어려운 일이다. 자유주의자일수록 결심은 고뇌의 대상이다. 그러나 로버트는 마침내 단언하기에 이른다. "이런 종류의 확실성은 인생에 단 한 번 오는 것이다." ("This kind of certainty comes but once in a lifetime") 불확실성이 그득한 세상 속에서 확신을 가지는 일은 드물고 드물다.

그러면서도 두려워한다. 자신의 마음을 그녀에게 강요하는 것은 아닌지 두려워하면서. 그래서 현실에 발을 딛고 서서 망설이는 프란체스카를 배려한다. 그에게 강요나 강압은 있을 수 없는 단어이므로. 상대방을 통제하고 통제받는 것에 익숙해지는 것이 사랑이 아님을 그는 너무도 잘 알고 있으므로. "지금 결정하지 않아도 돼. 마음은 바뀔 수도 있으니까. 그러나 지금 작별인사는 하기 싫어." 절제된 그의 단어 하나하나에 그의 애절함과 그의 철학이 고스란히 녹아 있다.

3. 둘 중 누구라도 먼저 움직여야 사랑이 가능하다

확신하지 못하여 머뭇거리는 단계가 있다. '정말 운명적일까', 어느 누구도 쉽게 결론 짓지 못한다. 그럴 때 누군가는 먼저 움직여야 사랑이 비로소 진행 동력을 갖게 된다. 남자 쪽이 먼저 움직이는 것이 통념이다. 적극성과 수동성을 대비해서 그렇게 판단한다. 그러나 이 영화에서 흥미로운 점은 대부분 사랑 감정의 표현, 신호 보내기, 진척과정을 주도해 갔던 것은 프란체스카였다. 마음속에 도사리고 있었던 사랑의 열망이 먼저 폭발음을 내며 움직였던 것은 남자가 아니라 여자쪽 이었다.

로즈먼 다리까지 동행하겠다고 제안한 것도 그녀였고, 아이스티를 대접하겠다고 집 안으로 초대한 것도 그녀였다. 저녁을 먹고 가라고 했던 것도 그녀. 첫날 로버트가 숙소로 돌아가기 전, 집에 들어와 커피나 브랜디를 마시겠냐고 제안했던 것도 프란체스카였다. 저녁식사에 초대하겠다는 메모를 다리 위에 핀으로 꽂아두었던 것도 그녀, 사진 촬영현장에 같이 있으면 마을 사람들이 수군댈 수 있으니 오지 말라는 로버트의 배려에 오히려 용기있게 '가겠다' 고 선언한 것도 그녀였다. 그에게 최초의 스킨십을 했던 것도 그녀다. (전화를 하며 로버트의 어깨 위에 손을 올리고, 그 손을 로버트가 마침내 쓰다듬으며 둘은 사랑의 시작을 확인한다.) 몸이 먼저 뜨거워졌던 것도 그녀였고, (처음 만났던 날 저녁, 프란체스카가 나체로 혼자 바람을 맞는 장면이 이를 상징한다) 사랑을 나누면서 자신을 '다른 곳으로 데려다 달라' (take me to some places)고 먼저 제안했던 것도 프란체스카였다. 헤어지지 전날 밤, 로버트를 뒤에서 끌어안으며 "같이 가고 싶다(come with me)" 고 말했던 것도 그녀였다.

프란체스카의 적극적 행동에 비해 로버트는 천천히 반응한다. 속박을 두려워하는 자유주의자의 방어벽 같은 것이었는지도 모른다. 속박을 받는 것도, 주는 것도 저어하는 그였다. 그러나 마지막 순간, 로버트는 평생 기다렸던 사랑이 눈앞에 서 있음을 확신하고, 모든 두려움을 떨쳐내고 용기를 내어 말한다. 오랜 방랑 속에서도 영원하고 숭고한 사랑을 평생 갈구했다는 사실을 마음 속 오래된 수첩에서 끄집어냈다. 외로움 속에 갇혀 외로움을 혼자 이겨내려 했던 로버트는 마침내 프란체스카와의 사랑을 통해 외로움의 종착지를 찾으려 했을 것이다. 그래서 이별의 전날이 되어서야 마침내 "같이 떠나자" (come with me)고 제안한다.

4. 제도 혹은 현실이라는 알리바이

로버트의 용기는 현실과 제도라는 벽에 의해 좌절된다. 그는 다시 외로움 그득한 방랑길을 홀로 선택한다. 아니 선택을 강요당한다. 그 장렬한 고뇌는 빗줄기 속에 스스로를 내버려 두는 장면을 통해 관객에게 공감으로 다가간다. 로버트는 속박과 통제가 없는 혼자만의 길을 가기로 빗속에서 결심한다. 그러면서 '그래도 그대를 잊지는 않겠다' 는 의지를 수줍게 표현한다. 프란체스카가 줬던 목걸이를 차 백미러에 걸어둠으로써, 평생 그녀를 그리워할 것이라고 암시한다. 그들은 그렇게 망설임과 고뇌 속에서 이별식을 행한다. 사랑이 속박이 아님을, 소유의 대상이 될 수 없다는 자신의 논변을 로버트는 빗속에서 스스로 몇 번이나 다짐했을 것이다.

인간의 제도와 사람 감정의 불일치, 그 나뉨에 관한 로버트의 생각은 아프리카 풍경을 묘사하는 그의 생각에 암시되고 있다. "아침 해 돋는 광경, 석양의 빛, 인간과 동물, 동물과 동물의 공존, 태어나고 죽는 것이 자연스러운 곳. '그곳에는 어떤 판단(judgment)도, 강제된 도덕 (imposed morality)도 존재하지 않는 곳' 이라 말한다.

아울러 그는 미국의 가족윤리에 대해서도 비판적이다. 정상과 비정상, 이분법으로 세상을 판단하는 일반사람의 시선을 거부하고 싶어 한다. 제도들이란 그저 사람들이 편의적으로 만들어 놓은 틀에 불과하므로. 많은 사람들은 그저 제도 속에서 최면에 걸려 살고 있다는 것이 로버트의 비판이기도 했다. 로버트는 결혼제도를 포함한 온갖 제도들이 인위적이라는 사실, 그리고 인간의 자유와 사랑이 그 안에서 결코 온전하지 않음을 터득하고 있다. 그러면서 사람들의 소유욕과 집착을 비판한다.

제도, 그 온갖 제도들을 만들어 왔던 인간들의 세속적 판단이 섣부르다는 지적은 시인 뮈어 (John Muir)의 글귀와도 맞닿아 있다. 요세미티를 국립공원으로 만들고자 분투했던 뮈어는 '자연은 인간의 판단으로 훼손되어서는 안된다' 는 생각으로 그 곳에서 일생을 보냈다. 왜냐하면 '자연의 광활함과 야생성은 조물주의 뜻이 가장 잘 반영된 것' 이므로. 그 자연 위에 다리를 놓고, 가드레일을 설치하고, 전망대를 인위적으로 설치하는 '결정' 들은

'인간의 판단' 이 대부분 아닌가.

인간이 만들어둔 각종 제도의 장벽을 뛰어 넘고 싶었던 로버트는 프란체스카를 만나 사랑이라는 인간의 원초적 감정이 제도라는 알리바이를 넘을 수 있으리라고 확신하게 된다. 그러나 여전히 망설이면서, 여전히 두려워한다. 스스로는 운명적 사랑이라 확신은 가지지만, 그런 자신의 확신 때문에 사랑하는 프란체스카가 현실적 고통을 감내해야 하는 것이 두려웠던 것이다.

제도라는 틀에 어떻게든 발을 붙이고 살아야 하는 "현실적 감각" 은 여성이 훨씬 뛰어나다. 남겨질 남편에 대한 생각, 자식들에 대한 생각, 로버트와 함께 떠난다는 결정이 혹시 뭔가 잘못된 것이 아닐까 하는 두려움, 아무리 먼 곳에 가더라도 마음에 걸릴 것 같다는 현실적 고뇌가 그녀를 냉정한 판단으로 유도한다. '가정을 이루기로 결정한 순간 여성의 삶은 시작이지만 또한 끝이기도 하다' 는 말로써 복잡한 심리를 드러낸다. 현실로의 회귀는 피할 수 없는 선택이라고 생각한다. 현실주의자에게 가장 잘 어울리는 알리바이다. 영화의 앞부분, 스스로를 '변화를 두려워하는 사람이다' 라고 설명하는 프란체스카의 이 말은 이 영화 전체를 관통하는 복선이 되고 있다.

어쩌면 사랑에 관한한 남성이 더 이상주의이고 여성은 상대적으로 더 현실주의자인지 모른다. 적어도 이 영화에서는 그 사실을 부인하기 어렵다. 그렇기에 사랑을 영원한 기억으로 존치시키려는 욕망도 그래서 여성이 더 강한지 모른다. 사랑을 로맨틱하게 바라보려는 욕망도, 4일간의 사랑이 평생을 지배하는 것이 가능하다는 생각도, 그런 사랑이 너무나 로맨틱하다는 생각은 역설적으로 여성이 현실적 감각이 더 뛰어나기 때문일 것이다.

5. 영원의 역설

프란체스카의 마지막 독백에는 애절한 그리움이 절실히 묻어난다. "하루도 그를 생각하지 않고 살았던 날은 없었다. 우리는 결코 둘이 아니다. 몸은 떨어져 있지만 우리는 하나다." 하루의 어느 지점이더라도 불쑥 떠오르는 얼굴들이 있다. 그것이 사랑했던 상대라면, 그리고 그 하루가 다른 하루로 이어져 기억 재생이 계속된다면, 열정이야 점점 쇠잔해지겠지만 기억은 그런 방식으로 영속성을 갖게 된다. 평생을 그렇게 살아가는 삶이라면 '나뉠 수 없는 하나' 라는 확신을 가지게 될 법하다. 둘이 아니라는 고백, 하나라고 선언하는 일만큼 사랑 감정의 극한은 없을 것이다.

그러나 그것은 오로지 이별을 통해서만이 가능하다. 현실이 아니라 기억 속에서만 사랑은 영원한 것으로 선언된다.

'끝나면서도 끝나지 않는' 무엇인가가 우리 삶에 존재한다. 사랑이란 어쩌면 애절한 모순, 그 자체다. 사랑이란 지상에서의 육체적 이별을 통해 영원으로 기억된다는 역설이다. 인간이 열망하는 사랑과, 인간들이 덫처럼 만들어 놓은 '제도' 간에 놓인 '화해할 수 없는 나뉨' (irreconcilable distinctiveness) 같은 것이다. 이는 사랑에 관한 문학평론가의 이광호의 생각의 주장, "이 세상에 완전한 사랑이란 없다. 완벽한 영혼과 육체의 결합은 없으므로"와 어쩌면 상통하는 말인지도 모른다. ("연애시를 읽는 몇 가지 이유" 『쨍한 사랑의 노래』)

영화 속 스토리와 두 주인공이 나누는 대화, 그들의 생각은 우리 일상의 많은 것들을 다시 생각하게 만든다. 사랑과 이별, 기억과 망각, 소유와 집착, 자유와 통제 등의 주제들이다. 완전한 사랑을 갈구하는 인간에게 이 영화는 희망이자 고통이기도 하다. 또한 아픔이다. 어쩌면 두 가지 모두 다 중요할지 모른다. 영원한 사랑을 향한 갈망과 무덤덤해져가는 일상의 사랑, 이 두 가지 전부가 우리 삶을 구성하고 있는지도 모른다. 소유하지 않고, 통제를 강요하지 않고, 자유롭지만 은은한 사랑. 영원한 사랑이란 그런 일상의 과정 속에 이미 존재하고 있는지도 모른다.

영화 에세이 (3) :

충성과 헌신의 모럴코드와 전쟁영화

전쟁을 소재로 다룬 영화들은 보고 있노라면 관객들은 약간의 흥분상태에 몰입한다. 격렬함이 주는 환각 속으로 빨려 들어갔기 때문이다. 감독이 견인해가려는 관객의 심리상태가 그런 것이다. 그러나 드러나고 숨어있는 메시지를 간파해보는 일도 흥미롭다. 전쟁영화가 폭력성에 대한 찬미(讚美), 그 자체를 목적으로 삼는 경우는 극히 드물다. 다큐 형식의 역사 정보제공도 목적이 아니다. 그렇다면 감독이 화면을 통해 '공감'(共感)을 유도하려는 주제를 찾아보려는 것이 관객들의 태도여야 한다. 감독과 관객들 사이에 형성되는 공감대 위에서 역사적 사실에 대한 해석과 재해석도, 현재와 미래를 향한 메시지도 비로소 의미를 갖게 된다.

감독들은 스토리 전개와 양상으로 관객들을 유혹하지만, 등장 인물들의 대사 속에 공감을 위한 메시지를 숨겨놓는다. 그것을 통해 감독은 관객들이 자신의 논리 속으로 들어오기를 권고한다. 공감은 (일부 실험 영화의 경우를 제외하고) 관객의 수용성의 범위 안에서 기획된다. 관객들이 수용하는 범위 내에서 감독들은 기존 사회적 가치를 강화하고 재생산하려고 하고, 보편적 규범으로 유인하려고 시도한다. 그 가치나 규범이 정치적 의미를 띌 때, 영화는 진지한 정치적 의미를 가지게 된다.

한국에서 만들어진 한국전쟁 영화의 경우, 감독이 기획하는 관객과의 공감 코드의 하나는 헌신과 충성심이다. 헌신과 책임감, 조직에의 충성은 산업화시대와 근대 민족주의의 정치적 동원의 시대에서 빼놓을 수 없는 모럴 코드였다. 좁게는 조직 단결성의 요체가 헌신과 책임성이고, 넓게는 국가라는 정치적 조직에 대한 충성심을 자극하는 요소다. 조직사회에서 단결성이 극대화되어 있는 것이 군대다. 그 응집력이 극적으로 표현되는 현장이 전장(戰場)이다. 전우와 부대를 위해 자신의 맡은 바 임무를 완결하려 하는 주인공들의 행동을 통해 책임의식의 미학을 드러내려 한다.

경우에 따라 "대(大)를 위해 소(小)의 희생도 불가피하다"는 집단주의적 의식, 또는 애국심에 기반한 국가주의 코드도 내포되어 있다. 대개 1960년대 한국에서 제작되었던 한국 전쟁 영화에서 이러한 점들을 쉽게 확인할 수 있는데, '5인의 해병' (1961)이나 '돌아오지 않는 해병' (1963) '빨간 마후라' (1964) 등에서 이러한 헌신과 책임감 코드를 자극하려는 기획이 읽힌다. 물론, 인물들 간 부대 조직 내 개인적 갈등이나 정, 의리, 전쟁과 관련된 인간적 애환 등의 요소들이 전체 줄거리에서 빼놓을 수 없는 드라마틱한 요소들이다. 그러나 부대의 작전 성공을 위해, 또는 국가를 위해 헌신하는 노력들은 그 위기구조를 뛰어넘는 큰 주제들로 각인된다.

감독들은 죽음까지 감수하며 주어진 책임을 다하는 주인공들의 결연한 태도를 부각시켜 관객들의 공감대를 만들어 낸다. 특히 군대라는 조직의 특수성, '명령에 살고 명령에 죽는다' 는 군대의 조직문화적 가치를 가감 없이 드러낸다. 대개 이런 영화들은 주인공들을 부대작전을 위해 임무를 완수하는 인물로 설정하고, 때로는 그들의 목숨을 희생시키는 구도를 설정함으로써 헌신과 책임성, 충성심의 코드를 극화시킨다. '5인의 해병' 에서처럼 위험을 무릅쓰고 정찰 임무를 완수한 다음, 숨을 거두는 장면들이 이런 기획에 해당된다. '돌아오지 않는 해병' 도 마찬가지였다. 2010년에 제작된 '포화 속으로' 도 학도의용군들의 책임과 헌신이 영화의 핵심 주제였다. 헌신과 책임은 대개 주인공들의 희생으로 극대화된다. 흥미로운 점은 부대원의 죽음과 희생의 스토리 속에서 한 두 사람의 주인공 정도는 살려두는 방식을 선택하는데, 현장의 증언자로서 남겨 역사의 증언자로서 의미를 부여하려는 감독의 의도로 읽힌다.

헌신과 조직에 대한 충성이라는 영화적 주제가 정치적으로 가지는 의미는 영화 속 주인공들의 헌신 코드가 국가에 대한 충성심으로 확장된다는 점이다. 이는 애국심을 자극하려는 정치적 의도와 쉽게 맞물리고, 직접적으로 또는 간접적으로 애국심과 국가를 위한 동원 당위성을 정당화하려는 정치적 의도와 맞물려 있다. 조직에의 헌신, 애국심, 민족주의적 일체감 등은 근대국제질서 시기에 상존해 왔던 가치들이었다. 감독들은 이 같은 가치를 영화 속에서 표현하고 확인하고 또 강화하려는 의도를 가진다. '5인의 해병' '돌아오지 않는 해병' '빨간 마후라' 등의 영화가 냉전기 시대 이념적 대립의 환경과 또 국내적으로는 박정희 군사정권의 등장과 국가주의의 강조와 결코 무관하지 않다.

√√ 영화에는 전제 줄거리를 대변하는 핵심 대사도 있지만, 흘

려 지나치듯 사소한 장면에도 시대상이 표현되기도 한다. 이를테면 '작은 연못' (2009)에서는 노근리 주민들에게 소개명령을 하는 미군의 안내방송은 일본어였다. 미군정이 시작되면서 사회 안정화 목적으로 총독부 일본인 관리들과 친일파 조선인 관리들을 잔존케 했다는 것은 널리 알려진 사실이다. 이 장면은 냉전기 초반 미국과 일본의 전략적 결합을 상징적으로 드러내고 있다. 거기에 더하여 한국전쟁에 참전하는 한국사회에 대한 미군의 몰이해, 무신경증을 단적으로 보여주는 장면이기도 하다. 정작 주민들은 미국이 일본을 패망시켰던 나라이고, 따라서 주민들에게 구원의 트럭을 보내 도와줄 것이라는 헛된 희망을 가지고 있었다. 그 두 가지 사이에 존재하는 인식의 간극을 감독은 관객들에게 노출시키려 하고 있다.

√√ '작은 연못' 은 1970년대 포크음악의 아이콘이었던 김민기 노래의 제목이다. 작은 연못에 붕어 두 마리가 평화적으로 공존하지 못하고 서로 싸우다가 결국 붕어 시체가 썩어 그 연못에는 아무 것도 살 수 없게 되었다는 내용이다. 이 노래가 한반도의 남북한 적대적 대립관계와 증오, 결국 공멸 가능성을 상징하고 있음은 명백하다.

영화 에세이 (4) :

전쟁영화를 통해 광기와 잔혹성을 고발한다

전쟁은 치밀한 전략의 게임이지만, 전장(戰場)은 이성이 아니라 광기(狂氣)가 지배하는 공간이다. 적에 대한 광기 뿐 아니다. 무차별적인 살해의 욕구는 그 대상으로 군인과 민간인을 특별히 구별하지 않는다. '남부군' (1994)이나 '태백산맥' 에서는 정부군, 빨치산 양측 모두에 광기가 넘쳐나고 있음을 숨기지 않는다. 노근리 양민 학살사건을 다루었던 '작은 연속' (2009)에서도 민간인에 대한 미군의 무차별적 사격은 전쟁 광기에 다름 아니다. '적과의 동침' (2011)에서도 인민군이 철수하면서 민간인들을 대거 학살하려고 시도하는데, 이 또한 전쟁 광기의 연장선에 있다. '태극기 휘날리며' (2004)에서도 수복된 서울에서 자행되었던 우익단체들의 민간인 사살 현장도 광기와 야만을 고발한다.

전장에서 인간의 광기를 가장 극적으로 드러내 보여주는 영화는 단연 '태극기 휘날리며' 일 것이다. 천만 이상의 관객을 동원했던 이 영화에서 주인공 진태 (장동건 분)은 동생 (진석, 원빈 분)을 조기 제대시켜야 한다는 조급한 마음에서 만용에 가까운 용기를 보이지만, 서서히 전투와 살상 그 자체에 환각적으로 미쳐간다. 무리한 기습작전을 수행하면서 "어차피 이판사판이야" 라고 내뱉는 그의 말에서도 용기가 아니라 광기가 더 짙게 배어 있다. 이 영화 말미에 인민군 깃발부대장으로 등장하여 마지막 전투장면에서 보여준 진태의 눈빛, 흰자위만 드러난 눈과 검게 그을린 얼굴의 대비는 전쟁 광기를 가장 극적으로 고발한 장면이었다.

죽음의 공포가 일상화되어있는 전투현장을 고발하고 있는 영화가 '고지전' (2011)이다. 휴전협정 개시 이후 2년간, 하나의 고지를 점령하려는 양측의 피비린내 나는 전투현장을 그리고 있는 이 영화에는 주인공 김수혁 중위 (고수 분)가 자신의 친구였던 강은표 중위 (신하균 분) 에게 내뱉듯 던지는 대사, "니가 전쟁을 알어?" "여기보다도 지옥이 없어서 그냥 여기 사는 게 아닐까" 라는 대사는 광기와 참혹성을 함축하고 있다. 퇴각하는 상륙정에서 뒤늦게 승선하려는 전우들을 사살하는 장면에서 표현된 신일영 중위 (이제훈 분)의 눈빛과 일그러진 얼굴, 그래서 그 사건 이후 오히려 무표정해져버린 그의 얼굴이 전쟁 광기의 그늘이다. 소대원 전멸 이후 이미 정신줄을 놓아 버린 이상억 (정인기 분)도 미쳐버린 전쟁의 희생자였고, 무감각을 넘어 고혹적인 냉랭함을 유지하던 인민군 저격병, 차태경 (김옥빈 분)의 표정에서도 역설적으로 광기의 단면을 읽을 수 있다.

영화 속 전장의 참혹성은 단순히 즐비한 시체의 수로서 표현되지 않는다. 핸드헬드 (hand-held) 카메라 기법, 이미지 쉐이크 등의 기법을 통해 현장의 사실감을 관객들에게 보여준다. 이러한 기법은 스티븐 스필버그가 감독했던 영화, '라이언 일병 구하기' (1998)에서도 시도되었는데, 관객들로 하여금 마치 실제 참혹한 전투 현장에서 동참하여 관찰하고 있다는 생동감, 현실감을 불러일으킨다. 한국 전쟁영화에서도 이러한 기법은 '태극기 휘날리며' 나 '고지전' 등에서 사용된 바 있다. 총탄에 맞아 쓰러지는 장면 묘사가 전투신의 고전적 방법이었다면, 폭탄의 파편이나 총알에 의해 신체가 절단되고 훼손되는 장면, 불에 타서 죽는 장면 등을 적나라하게 드러냄으로서 전투 신(scene)의 리얼리티를 표현하고 있다.

전투 장면의 리얼리티를 드러내려는 것은 관객들로 하여금 잔혹성 그 자체를 경험하게 하려는 감독의 의도다. 현장 고발의 리얼리티를 높일수록 전쟁의 폭력성을 고발하는 것에 효과적이라는 계산 때문일 것이다. 참혹한 전투장면 자체가 폭력의 찬미가 될 수 없다. 이는 역설적으로 폭력과 광기로 가득 차 있는 전투장면을 묘사함으로써 전쟁 무용론의 가치, 반전(反戰)적 가치지향점을 강조하려는 듯 보인다. 요컨대 광기의 고발은 평화의 중요성이라는 가치와 내면적으로 연결되어 있다. 전장의 폭력과 광기를 표현함으로써 평화라는 보편적 가치를 역설적으로 드러내려는 것이 전쟁영화가 갖는 국제정치적 의미다. 이런 경우, 전쟁영화는 평화를 향한 열망의 표현이라고 해도 크게 틀린 말은 아니다.

영화 에세이 (5) :

적대감의 해체와 화해의 기획으로서의 전쟁영화

전쟁은 적(enemy)과의 싸움이다. 그러므로 적대감은 전쟁의 출발이자 그 핵심이다. 적대감은 난폭하고 폭력적 행동으로 표현되고, 영화 줄거리의 갈등관계를 형성하거나 유지하는 촉매가 된다. 한국 전쟁의 경우, 적대감은 우익과 좌익의 이념적 갈등 속에서, 국군과 인민군의 전투에서, 그리고 유엔군과 중국군 (중공군)과의 전투를 성사시킨다. 적대감을 표현하는 언술체계도 대개 "빨갱이 새끼" "오랑캐" "황개" (미 군정청에 기생했던 우익 인사를 비하하는 말)로 표현된다.

홍미로운 사실은 80년대 후반 민주화와 탈냉전기에 제작되었던 한국전쟁 영화의 경우, 감독들은 기존 냉전시기 형성되었던 남북한 적대감을 해체하려고 시도했다는 점이다. 물론 영화 속 적대감 해체의 시도는 탈냉전기라는 국제정치적 환경 변화에 기인한 바 크다. 드물지만, 적대감 극복의 시도는 1960년대 영화에서도 발견된다. 이를테면 1963년에 제작되었던 '돌아오지 않는 해병' 에서 주인공 (장동휘)은 북한에 대한 적대감을 토로하지 않는다. 대신 그가 싸웠던 이유를 "살기 위해 싸운다" (전쟁이 끝나면) "삽을 들고 흙과 싸우는 사람이 되고 싶다"라고 말한다. 더 나아가 영화의 클라이맥스 장면에 이르러 전우에게 하는 말, "살아서 전쟁의 증인이 되어 달라" "인간에게 전쟁이 필요한 지 물어봐 달라" 등의 메시지 속에 전쟁 그 자체에 대한 비판적 시선을 함축시켜놓고 있다. 적대감 자체가 전쟁의 동력이 아니라는 점을 강조하고 있는 듯하다. 이는 1960년대 영화로서는 놀라운 성찰이었고, 적대감의 우회적 극복이기도 했다.

이러한 경향은 90년대 이후 더욱 과감한 시도로 나타난다. 스토리의 초점을 한국군에 두지 않고 적군인 상대방 세력 (인민군, 빨치산) 내부 스토리에 카메라 앵글을 맞추는 방식이 나타났다. 그 최초의 시도가 영화 '남부군' 이었다. 적이었던 그들도 우리와 별반 다르지 않는 인간들임에 주목하게 만든다. "전쟁에서의 적

(敵)은 추위, 굶주림, 그리고 쏟아지는 잠" 이라는 인텔리 빨치산 김영 (최민수 분) 대사에서도 상대방에 대한 적대감, 이념적 대립각은 이미 지워져 있다. 특히 전투 대치상황에서 토벌군과 빨치산이 같은 노래 ('눈물 젖은 두만강')을 함께 부르는 장면에서는 적대감이나 이질감보다는 민족으로서의 동질성이 더 부각된다. 관객들로서는 지독한 결심을 하지 않고서는 적대감을 유지하기 어렵게 된다.

빨치산과 토벌대, 그리고 아비규환의 전란 속에 양측 모두에게 희생을 강요당하는 민중들에게 시선을 맞추고 있는 '태백산맥' 에서도 폭력성의 비판은 균형적이고자 노력한다. 적의 개념도 자연스럽게 흐려진다. 오히려 좌익운동의 원인이 농지개혁을 둘러싼 빈곤이며, 가난이 좌익의 조건이라고 항변한다. 좌우익의 근원적 갈등의 뿌리가 땅과 토지문제임을 지적(知的)인 주인공 김범우 (안성기 분)의 언술을 통해 설명한다. 더 나아가 "사상(思想)이 사람들을 수단으로 삼고 있는 한, 어떤 사상도 사람을 구원할 수 없다" 를 대사를 통해 이념적 대결에서 어느 한 편의 정당성이나 적대감의 구조를 지워버린다. 마지막엔 한국전쟁이 "승자 없는 전쟁" 이었다는 자막을 넣음으로써 냉전기 한국 사회를 지배해 왔던 반공적 이데올로기와 그것에 기반했던 적대감을 뛰어

넘고자 했다.

'태극기 휘날리며' 에서는 주인공 이진태에게 국군과 인민군이라는 두 가지 역할을 모두 부여한다. 전투에 전제되어 있는 적대감은 형제간 사랑 앞에선 힘을 잃어버린다. 동생을 구하기 위해 자신의 부대에게 기관총을 난사하는 이진태의 행동이 이를 압축적으로 대변한다. 아울러 수복된 서울에서 우익세력들의 좌익부역 시민들을 학살하는 장면을 보여줌으로써 냉전형 적대감을 무력화시킨다. '고지전' 에서도 뺏고 뺏기는 애록고지 동굴진지에 국군과 인민군은 술과 성냥, 담배 등 서로의 물품들과 편지들을 남긴다. 이 프롯을 통해 남북 군인들 모두 전쟁에 지쳐가는 인간임을 상기시킨다. 그들은 비록 적이지만 동시에 필요한 물품들을 나눠가지는 동료이기도 하다. 아울러 "전선야곡" 이라는 노랫말을 전달하고 노래를 익혀간다는 이 줄거리는 적대감보다는 오히려 동질감에 초점을 맞추고 있다. 전투에 임하는 군인들도 전쟁 발발 당시의 적대감의 최초 의미를 잃은 지 이미 오래다. 인민군 장교 현정윤 (하승룡 분)의 대사, "싸우는 이유? 이전에는 확실히 알고 있었지만 너무 오래 되서 잊어먹었다" 라는 대사에는 이념적 정당성도, 적대감도 모두 그의 허탈한 웃음, 초점 잃은 눈빛과 함께 흐려져 있다.

적대감의 해체는 '적과의 동침'(2011) '웰컴투 동막골'(2005)에 이르러 더욱 뚜렷하다. '적과의 동침'에서는 퇴각 시 주민학살을 시행하려는 인민군 지휘부와 이를 막으려는 (이미 마을사람들과 정이 들어버린) 인민군 간의 우발적 총격전을 보여줌으로써 인민군-국군 간의 적대적 대립관계는 더 이상 존재하지 않는다. 적의 의미는 이미 퇴화된 체 관객들에게 다가선다. 어릴 적 첫사랑 박설희 (정려원 분)에게 주기 위해 백석의 시집에 휘갈겨 쓴 주인공 김정웅 (김주혁 분)의 메모, "이념도 체제도 시처럼 자유롭게 주고받을 수 있는 날, 다시 만나자"는 문구에서는 한반도에 드리워졌던 이념 대립을 언젠가 극복하고 싶다는 화해의 기획 의도가 읽힌다.

'동막골'은 한걸음 더 나아가 강원도 산골마을에 낙오한 남북한 군인들 간 공존과 협력을 설정하여 이념적 대립구도나 적대감을 지워버린다. 영화 초반, 처음 조우한 남북한 군인들끼리 총을 맞겨눈 채 비를 맞아가며 아침까지 버티는 장면은 오히려 적대감 해체의 동기를 제공하는 장면이다. 남북한 군인들은 총을 서로 겨눈 채 대결하고 있으나, 마을 사람들은 군인들의 대결 따위에는 아랑곳하지 않고 순수한 일상을 계속해 간다. 그 모습에서 군사 대결의 어리석음을 극화시킨다. 대결과 싸움을 전업으로 하는 군인과 순박한 주민 -- 한반도 정치적 대결구도의 피해자인 한민족을 대변하는 것임에 틀림없다 -- 을 극명하게 대비시킴으로써 (정권의) 정치적 이익이 반드시 사람들의 이익과 일치하지 않는다는 점을 부각시킨다. 대결은 얼마나 헛된 것인가? 총을 들고 맞서는 대결보다는 (수류탄 오폭 이후) 휘날리는 팝콘이 -- 이 장면은 이 영화주제의 중심이자 기억에 남을만한 명장면이다 -- 사람들을 더 행복하게 만들 수 있음을, 대결도 이렇게 웃음과 축제로 끝날 수 있음을 암시한다. 남북한 군인들과 미군 파일럿은 모두 시골 마을의 순박성에 동화되어 가면서 적대감은 근거를 잃어가고, 마침내 멧돼지 사냥에서는 협력적 행동으로까지 발전한다. 이 영화는 남북한 무모한 적대적 개념을 완전히 해체하려고 시도한다. 주인공 표현철 (신하균 분)은 인민군 장교 리수화 (정재영 분)에게 "우리가 이렇게 말고 다른 곳에서 다르게 만났더라면 참 재미 있을텐데..."라고 말한다. '동막골' 에서 적의 이미지는 오히려 작은 산골마을의 평화를 헤치려는 세력이다. 즉 인정사정없이 무작정 폭격을 시도하려는 미군이 어쩌면 적일지 모른다는 관점으로 관객의 시선을 유도한다. 그들 반(反)평화세력을 상대로 남북한 병사들과 한 사람의 미군 파일럿은 합심하여 '연합작전' 까지 수행하는 관계로 묘사된다. 이 과정에서 동막골 주민들의 희생, 특히 이쁜 광녀 여일 (강혜정 분)의 "마이 아픈~" 죽음은 국제정치적 갈등 속에 희생을 강요당했던 한반도의 운명을 상징적으로 보여주는 듯하다.

전쟁의 핵심 키워드인 적대감을 해체함으로써 감독은 화해를 기획한다. 화해가 평화에 이르는 길에 반드시 거쳐 지나가야 하는 문(門)임을 상기시키려 한다. 진정한 화해 없이 안정적인 평화는 없다. 전쟁 후 무너진 외교관계를 수립하는 절차적 화해나, 경제지원을 통한 물질적 화해보다 사람들의 마음으로부터의 적대감과 증오를 극복하고자 하는 용서와 화해의 노력이 진정한 평화의 길임을 이들 작품들은 강변하고 있다. 한반도 국제정치적 상황에서, 더 나아가 동북아 현존질서 속에서 화해가 지난(至難)한 길임을 알고 있는 듯, 이들 영화는 평화로운 미래 구상의 키워드를 미리 제공하고 있다. 탈냉전기 시대 환경 속에서도 냉전의 고도(孤島)로 남아있는 한반도를 바라보며 감독들은 미래 기획의 시선으로 한반도의 역사를 비판적으로 성찰하고 남북한 화해를 향한 열망을 드러내고 있다.

√√ 적을 규정하는 일: 국제정치에서 적을 규정하는 것은 정치적 판단의 영역이다. 적이 누군지를 규정해야 적대감이 생긴다. 적대감의 감정은 자기 영속화되는 메커니즘을 가지

기도 한다. 누군가를 그리고 특정 국가를 적으로 일단 규정하게 되면 증오와 의심의 심리가 인식틀을 견고하게 만들어 버리고, 그 틀 안에서 빠져나오지 못하게 된다. 그러면서 적대감은 점점 견고해진다. 영화, "크림슨 타이드"(1995)는 탈냉전초기 미 해군 핵잠수함 안에서 벌어졌던 갈등을 소재로 했던 영화다. 야전에서 뼈가 굵은 함장, 램시(진 해크먼 분) 대령은 새로 부임한 부함장 헌터 (던젤 워싱턴 분) 중령에게 다소 이질감을 느낀다. 부함장이 너무 지적인 분위기를 가진 탓이기도 하고 교육 배경도 좋았기 때문이다. 토론 중에 비아냥거리듯 부함장에게 질문을 던진다. "(냉전이 끝난 지금) 우리에게 이제 적은 누구라고 생각하나?" 부함장은 토론이 길어지는 것을 피하고 싶은 듯 이렇게 대답한다. "군인에게 있어 진정한 적은 전쟁 그 자체입니다."

VV 군대는 전쟁을 위해 존재하는 국가 조직이다. '전쟁을 위해' 라는 표현 때문에 많은 사람들은 군인들이 호전적 성향을 가질 것이라는 선입견을 가진다. 물론 그런 성향을 지닌 군인들도 없지 않다. 그러나 전쟁의 결정은 대부분 민간인 정치인들이 내린다. "전장(戰場)에서 피를 흘리며 쓰러져

가는 전우들의 신음소리를 들어본 사람이라면 전쟁을 쉽게 결정하지 못할 것이다.” 2차 대전 영웅이었고 후일 미국 대통령을 지냈던 아이젠하워 (Dwight Eisenhauer)가 했던 말이다. 간혹 군인보다 민간인 정책결정자들, 전문가들이 호전적 정책을 더 선호하기도 한다. 그들 자신은 전장에 참전할 기회가 거의 없으므로. 한국의 경우, 군대를 다녀오지 않은 정부 관료나 안보 전문가들이 ‘더 강한 적대감’ 을 드러내는 경우가 있다. 자격지심이나 강박관념의 발로가 아닐까 의심이 들 때도 있다.

영화에세이 (6) :

담장을 넘어라

명작영화, '쇼생크 탈출' (1994)에 나오는 장면의 하나.

쇼생크 감옥에서 50년이나 복역했던 브룩스(제임스 휘트모어 분)에게 가석방이 허락되자, 브룩스가 동료 죄수를 칼로 위협하는 장면이 나온다. 살인을 해서라도 감옥에 남겠다는 것이다. 그는 감옥 밖 세상이 두려웠다. 가석방 된 뒤 그는 결국 감옥 밖 현실 세상에 적응하지 못한 채 자살로 생을 마감한다. "브룩스가 여기 있었노라 Brooks was here" 라는 글귀만 남긴 채.

감옥 나서기 두려워하는 브룩스의 기괴한 행동을 두고, 동료인 레드(모건 프리먼 분)는 이렇게 말한다. "저 담장 때문이야. 처음에는 넘어 서고 싶어 하지만, 점차 익숙해지고 마침내 그 담장에 의존하게 되었던 거야"

담장은 단절, 폐쇄를 의미한다. 바깥세상과 감옥을 구별짓는 경계가 담장이다. 그러나 이 담장은 감옥 밖 세계에도 존재한다. 차별은 담장으로 뭔가를, 혹은 누군가를 구별하겠다는 심리에서 나온다. 심지어 인간의 마음속에도 담장은 쳐져 있다. 바깥 세상에 대해 벽을 쌓고 그 안에 안주하려는 심리, 그것을 자폐증 심리라 부른다. 그 안에 살면서 담장 안의 논리와 시스템에 점점 의존해 가는 것이다.

인간은 단절된 시스템 내부에 어떻게든 적응하고 살아남으려 한다. 복종의 심리는 그런 환경에서 커간다. 그런 인간의 심리 때문에 인간의 자유를 억압하고, 혹은 사상조차 통제하려는 정치 시스템에 익숙해지고 심지어는 의존하게 된다. (국가)폭력에도 점차 익숙해지는 것 뿐 아니라 길들여지는 것이다. 외설이냐 예술이냐의 경계선에서 논란이 되었던 영화, "거짓말"에서 폭력에 길들여진 주인공은 점차 자신에게 가해지는 폭력을 갈망하는 심리로 변화하고 있음을 보여준다. 독재체제는 담장 안을 살아가는 인간의 두려움 혹은 마조키즘을 양분으로 유지된다.

익숙함과 의존증을 딛고 일어서는 것이 자유를 향한 열망이다. 일본에 의한 식민지 36년 동안 대부분의 사람들도 그 식민지라는 담장에 점차 익숙해졌고, 심지어 의존하게 되었다. 독립운동은 아무 소용없는 일이라 믿는 사람들도 생겨났다. 70년 냉전과 적대적 대립이 유지되는 동안에도 익숙해져버린 담장이 있다. 마음속에 쳐진 대립의 벽이고, 무섭게 그어놓은 경계선이었다. '선을 넘어 생각한다' 는 것은 어지간한 용기를 내지 않고는 힘든 일이었다.

그러나 누군가는 그 담장, 그 선을 넘어서고 싶어 했다. 식민지 지배 기간동안 독립운동에 헌신했던 투사들이나 독재시절 민주화 운동을 결심 했던 사람들은 담장을 넘어서는 일이 결코 불가능하지 않다고 믿었다. '쇼생크 탈출' 에서 주인공 앤디(팀 로빈슨 분)는 결국 그 담장을 넘어 자유를 찾아 나선다. "마음 속 희망" 이라는 것은 어느 누구도 빼앗을 수 없는 자신만의 것이라 말하면서.

가수 한대수는 그래서 일찍이 70년대에 이미 이런 노래를 지어 불렀다. 그 험했던 유신시절에 말이다.

"장막을 거둬라. 나의 좁은 눈으로 이 세상을 더 보자"

영화 에세이 (7) :

한국 현대사와 보통 사람들

영화 '국제시장' (2014)은 한국전쟁 피난민들의 '가족' 스토리다. 전쟁은 가족 구성원들을 강제해산시킨다. 아버지는 끝내 다시 만나지 못한다. 그러나 흥남부두에서 헤어졌던 어린 여동생과 장성한 이후라도 마침내 재회하게 만듦으로써 전쟁과 이별의 부적절한 비극을 부분적으로 치유하려는 기획 의도를 가진다. 재회는 그것이 어떤 형식이라도 눈물의 감성 코드를 자극한다. 영화 전체를 관통하는 핵심 주제는 '책임감' 이다. 부산 피난 후 가족의 생계를 책임져야 장남 덕수(황정민 분)의 삶 속에 부여된 책임의식이다. 그리고 억척스럽게 그 책임을 완수하려 했던 한국남자의 이야기다. 이 시대 아들들에게, 그리고 아버지들에 바치는 헌사이기도 하다.

나에게 이 영화는 역사로서 읽혔다. 한국 현대사의 여정을 가장 축약적으로, 그리고 가장 감동있게 보여주었던 작품이 영화 '국제시장' 이다. 20세기 후반, 한국이 걸어왔던 길은 세계의 주목을 받고도 남았다. 압축성장을 통한 산업화, 민주화에 모두 성공한 나라가 한국이다. 세계인들은 한국을 20세기 세계사의 성공미담(美談)으로 자주 언급한다. 세계 최빈국으로부터 세계 경제 10위권 중견국가로 도약했고, 민주주의의 쟁취라는 두 가지 목표를 달성했던 사실만으로도 한국의 현대사는 한편의 드라마다.

결코 쉽지 않았던 한국 현대사 경로를 만든 주인공은 누구였을까? 영화 '국제시장' 은 한국의 성공이 한 두 사람 정치지도자 덕분이 아니라 바로 우리와 같은 보통 사람이 일궈낸 결과임을 드라마틱하게 증언한다. 국가의 성공을 특정 정치지도자의 결단으로 묘사하면 신화가 만들어 진다. 만들어진 신화는 가공을 거치면서 사람들에게 강제 주입된다. 가공된 신화는 정치적 맹신을 낳기 쉽다.

역사란 무엇일까? 이 영화는 역사란 어떤 시선으로 봐야할까를 다시 질문하게 만든다. 대부분의 역사는 왕조사, 정권사, 혹은 정부역사로 기술되는 경향이 있다. 정치적 결정이 역사 경로의 큰 방향을 결정한다는 점에서 틀린 이야기는 아니다. 그러나 역사를 더 넓게 바라봐야 한다면 그것은 '사람의 역사' 다. 사람들이 하루하루를 살아가는 일상의 역사다. 그런 의미에서 미국 역사학계에서 미국사(美國史)는 '미국정부사' (History of US Government)가 아니라 '미국인민사' (History of American People)로 재구성되어야 한다는 주장도 제기된 바 있었다. 그래야 미 대륙에서 한때 주인공이었던 미국 인디언에 관한 역사도 서술할 수 있게 될 것이라는 취지였다.

'국제시장' 은 일상(日常)이라는 역사의 현장에서 맡은 바 책임을 다하려 했던 보통 사람들의 노력과 의지가 국가 성공담의 주역이라는 것을 드러내려 한다. 파독 광부의 노동현장에서, 파독 간호사의 병원에서, 베트남 밀림 속에서, 그리고 민주화 시위 현장에 서 있었던 그 보통사람들의 일상적 분투가 한국의 현대사를 만들었다. 무지몽매하다고 지배층으로부터 힐난 받던 그들 보통사람들이다.

돌이켜 보면 한국 현대사에서 역사의 물줄기가 크게 바뀌었던 지점에는 보통사람들의 분출된 힘이 있었다. 지배층은 오히려 비겁했고 나약했다. 부끄러움도, 그 부끄러움을 이겨내려는 결기도 모두 보통사람들의 몫이었다. 무기력하게 국권을 넘긴 지배층을 대신하여 의연하게 독립의지를 표명했던 3·1 운동이 그러했고, 독재를 거부하고 민주주의를 소망했던 4·19 의거, 5·18 민주화 운동, 6·10 민주화 항쟁이 그러했다. 광화문 촛불은 그 찬연했던 보통사람들의 역사를 다시 재현한 것이었다. 그저 순종적이고 역사에 무관심해 보였던 보통사람들의 자각이 실은 역사를 움직여 왔던 힘이었다.

그 역사의 현장마다 결연하게 책임을 다하려 애썼던 덕수는 끝내 만나지 못한 아버지에게 묻는다. 노인이 된 덕수가 사진 속 젊은 아버지에게 말을 건넨다.

"아부지, 나 약속 잘 지켰지예. 막순이도 찾았고, 이만하면 나 살았지예… 근데 내 진짜 힘들었거든예…"

힘들게 살아왔던 그 과정을, 그러나 책임을 다한 자신을 아버지에게 확인받고 싶어 한다. 그것은 우리 보통사람들 모두가 우리 스스로에게 묻고 확인하고 싶은 말이기도 하다.

"대한민국, 우리 이만하면 잘 한거지예…"

그 과정이 '진짜 힘들었다는 것' 은 보통사람들 우리 스스로는 너무도 잘 알고 있다.

영화 에세이 (8) :

‘삶’의 진정한 의미

영화 “데이비드 게일” (2003)은 케빈 스테이시 (Kevin Stacy)가 주연했던 영화다. 원제는 The Life of David Gale, 즉 “데이비드 게일의 삶” 이다. 이 영화의 포스터에는 ‘삶’ (Life)이란 단어만 유독 붉은 색으로 강조되어 있다. 그것도 이유가 있을 것이다. ‘인간 삶의 진정한 의미란 무엇일까’ 라는 철학적 질문이 주제지만, 어떤 공익적 가치실현을 위해 자신의 ‘목숨’ 을 던진다는 스토리에 초점을 두고 해석하자면, 데이비드 게일의 ‘생명’ 이라고 번역해도 무방할 듯하다. 이것저것 고민하다가 그냥 “데이비드 게일” 이라고 한국어 제목을 쓰기로 하지 않았을까 혼자 상상해본다.

영화에서 게일은 철학을 강의하는 대학교수이자 사형제도 폐지를 위해 노력하는 시민운동가이기도 하다. 사형 제도를 두고 주지사와 TV에서 맞장토론을 벌일 정도로 그의 시민운동은 적극적이고 맹렬하다. 사형제도가 범죄를 줄일 수 없을 뿐 아니라 무고하게 생명을 희생시킬 위험이 있다는 논리를 앞세운다. 그런데 게일의 삶은 어느 날 갑자기 곤두박질친다. 자신이 가르쳤던 학생을 성폭행한 혐의로 (성적불량 제적에 대한 앙갚음 때문에 함정에 빠진 것이었지만) 교단에서 쫓겨나고, 전처는 이혼을 선언한다. 알코올 중독자가 되어버린 그가 의지했던 유일한 사람은 같은 시민운동가였고 동료교수였던 콘스탄스 해러웨이 (로라 리니 분)였다. 그런데 뜻밖에 게일은 헤러웨이를 강간 살해한 혐의로 체포된다. 물증은 명백해 보였다. 게일은 재판에서 사형을 언도받는다. 사형수로서 6년을 복역한 후, 사형집행이 결정되자 게일은 언론사 기자 빗시 블룸 (케이트 윈슬렛 분)과 인터뷰를 요청한다. 사형 집행 불과 사흘 전이었다. 그리고는 그의 삶 이야기 그리고 범행의 전모에 대해 밝힌다. 사형제도 폐지를 위한 시민운동가 시절 그의 논리, '사형제도가 존속되는 한 무고하게 죽는 사람이 있을 수 있다' 는 주장을 그는 자신의 죽음으로 증명해 보이려 한 것이다. 물론 영화 마지막 장면에는 또 다른 반전이 숨어 있긴 하지만.

영화 초반, 게일의 철학 강의실 장면과 강의 내용이 이 영화의 전체를 관통하는 주제를 복선(伏線)으로 보여준다. 프랑스 철학자 라깡 (Jacques Lacan)의 철학논변, '환상 (fantasy)과 욕망이란 무엇인가' 를 문답으로 풀어내던 그는 다음과 같은 언급으로 그 시간 강의를 마친다. 좀 길지만 옮겨보면 이렇다. "그러므로 라깡 철학이 우리에게 주는 가르침은 이렇다. 욕망은 우리를 행복하게 만들지 못한다. 온전한 인간이 된다는 것은 신념 (ideas)과 이상 (ideals)으로 살려고 노력하는 것이지, 욕망으로 무엇을 얻었는가의 시각에서 삶이 평가되어서는 안된다. 진실함, 동정심, 합리성, 심지어 자기희생의 작은 순간들이 무엇을 만들었는가의 관점에서 삶이 평가되어야 한다. 궁극적으로는 인간 삶의 중요한 가치를 평가하는 유일한 방법은 그의 삶이 다른 사람의 삶을 얼마나 가치있는 삶으로 만들었가의 관점이어야 할 것이다"

태어나 죽을 때까지 우리에게 삶은 한시적으로 주어져 있다. 무엇을 위해 삶이 존재하며, 어떤 가치를 가지는가. 대부분 사람들은 그런 주제에 대해 생각할 겨를도 없이 '그저 살아가는' 일상을 반복한다. 우리가 살아가는 일들은 다른 사람의 삶에 스미어 드는 과정인지도 모른다. 그냥 스미어 드는 것만이 아니라, 스미어 들어 그의 삶을 의미 있게 만들고자 하는 것, 그것이 삶의 가치인지도 모른다. 게일은 철학 강의시간에 했던 자신의 말을 실천에 옮기려 했다. 자기희생의 결심을 통해, 자신의 무고한 죽음을 공론화함으로써 사형제도의 불합리함으로 드러내고, 그것을 통해 다른 사람의 생명과 그 삶에 영향을 미치고 싶었을 것이다.

매년 스승의 날에 이 영화 이야기를 학생들에게 해주곤 했다. 스승의 은혜에 감사한다며 카네이션을 건네주던 나의 제자들에게 나는 되레 '스승이란 어떤 사람이어야 하는가' 라고 스스로 묻곤 했다. 지식을 나누어 주는 일, 학습에 동기를 부여하는 일도 스승의 역할이기는 하다. 그러나 굳이 선생과 스승의 역할을 구분하여 스승이라는 두 글자에 뭔가 다른 의미를 부여하려 해 왔다. '스승이란 학생들의 삶에 바르게 영향을 미치는 사람' 이어야 하지 않을까. 스승의 날을 맞을 때마다 나 자신에게 쑥스럽게 묻고 답하곤 했다.

스승의 역할까지 굳이 거론 않더라도 우리의 삶에 스미어 들어 삶을 가치있게 만들어주는 다른 사람의 삶들이 있다. 부모의 삶이 그런 것이다. 자식을 낳고 기르는 일이 단순히 종자의 번식이 아니다. 우리는 부모와 자식 간에 맺어진 관계에 특별한 의미를 부여한다. 생명이 재생산되는 것에 더하여, 삶이 아래로 스미어 들어 지속되게 한다. 내 삶이, 어느 한 부분이라도 가치있는 의미가 있는 것이라면 그것은 내 부모의 삶이 스미어 있기 때문이다. 동시에 내 삶이 우리 아이들의 삶에 스미어 있기 때문이다. 죽고 난 이후 나는 어떤 삶을 살았다고 평가받을까. 그 상상을 가족의 범위를 넘어 공적 영역까지 확장해 본다면, 게일이 강변했던 논조, '신념, 이상, 진실됨, 동정심 (공감), 자기희생, 헌신' 의 가치들은 결코 가벼운 것이 아니다. 그것은 사적 영역의 욕망이 아니라, 타인을 향해 열려 있는 것들이기 때문이다.

3. 국경 안의 정치 풍경

친일, 친미, 그리고 역사인식의 문제

외교사 강의실의 삽화 하나.

학생들에게 물었다.

“우리나라가 왜 일본에게 식민지가 됐지요?”

열에 예닐곱 명은 이렇게 대답한다.

“우리가 힘이 없어서요…”

그러면 나는 앞에 앉은 아이를 때리는 시늉을 하며 이렇게 다시 물어본다.

나: (나한테 맞았다 치고.) “학생은 왜 나에게 맞았지요?”

학생: “…” (이 분 무슨 말씀 하시려나하는 뜨악한 표정을 짓

는다)

나: "학생 힘이 없어서 나에게 맞았나요?"
학생: "…"
나: "학생은 내가 때려서 맞은 거 아닌가요?"
학생: "그야 그렇죠…"

나: "한국이 일본으로부터 식민지 당한 것은 일본이 침략했기 때문에 식민지됐던 것 아닌가요? 우리가 힘이 없어 식민지됐다는 논리에는 가해자는 실종되어 버리고 오로지 피해자의 잘못인양 되어 있지요?"

사실 학생들의 이러한 대답은 낯설지 않다. 어느 누구를 붙잡고 물어도 열중 아홉은 비슷한 대답을 할 것이다. 제국주의 일본이 심었던 '조선정체론'의 뿌리 깊은 자학적 인식이 우리의 사관(史觀)인 듯 자리 잡고 있다. 모든 것이 '우리가 못나서 그렇다는 것'이다. 멀리는 제국주의 시대, 사회진화론의 논리도 마찬가지였다. 강자가 약자를 지배하는 것이 자연의 이치라는 주장이었고, 약자는 지배당할 이유가 다 있었다는 것이다. 그것이 제국주의 침략의 논리구조가 되었다. 이 논리를 자학적으로 또는 자발적으로 수용하면서 생겼던 실력양성론이나 문명개화론도 논리상 크게 다르지 않다. 물론 당시 모든 문명개화론의 사상가들이 그랬다는 뜻은 아니다. 일부 지식인들이 제국주의 침략과정에서 강요되었던 논리를 내재화하고 체화(體化)하면서 부정적 역사관이 생겨났고 이를 계승시켰던 것이 문제였다. "우리는 어쩔 수 없다"는 논리. 이것은 "우리 안의 오리엔탈리즘"의 한 단면이다.

'일본의 한국지배가 하나님의 뜻이었다.' 라고 해서 논란이 되었던 언론인 출신 총리후보가 있었다. 논란 끝에 그는 후보직을 사퇴했다. '일본 식민지 지배는 한국에게 축복이었다' 고 스스럼없이 밝혔던 교수도 있었다. 한국의 소위 '기득권층' 의 민낯과 그들의 역사인식, 그들의 심리구조는 특별히 뿌리깊다. '조선엽전론' 으로도 거론되기도 한다. '붕당(朋黨)정치 망국론' '모래알 같은 민족성' 등의 주장도 같은 맥락이다. 거의 자학에 가깝다. 그러면서 소위 '저들 엘리트' 들은 '그들 미개한 국민' 과 다르다 말해왔다. 유체이탈 화법이다. 저들은 '선진국' 사람들 하는 방식을 좇아 '실력양성' 하는 것에 성공했으므로. 그들의 실력양성은 출세운, 관운으로 이름지워진 '사적' 이익으로의 환원이었다.

사실 역사관의 문제만은 아니다. 우리들 머릿속을 지배하고 있는, 오랫동안 압박해왔던 국제정치관의 문제이기도 하다. 구체적으로는 현실주의 국제정치관이다. 현실주의 국제정치관이 터무니없다거나 전부 엉터리라는 뜻은 결코 아니다. 사실 현실주의 패러다임은 20세기를 거치면서 국제정치의 지배적 논조가 되었다. 그러나 지배적 논조가 유일한 논리는 결코 아니다. 문제는 일부 한국인들이 이 논리를 너무나 경직되게 받아 들였고 너무나 편협하게 인식해 왔다는 것, 거의 종교수준으로 맹신하고 있다는 것에 있다.

현실주의 국제정치관은 '힘의 정치' 로 요약된다. 많은 사람들은 국제정치 현상이 힘에 의해서만 모든 것이 결정된다고 믿어 버린다. 그러니 '힘이 없어 당한 것' 이 당연하다는 심리구조를 가진다. 힘을 중시하는 논조 탓에 현실주의는 강대국 환원주의이기도 하다. 약소국이었던 우리가 우리 역사를 보면서 강대국 논리를 '무비판적으로' 적용하고 답습하는 것에 문제가 있다.

'힘에 대한 숭배' 는 곧잘 '힘을 가진 자들에 대한 숭배' 의 심리상태가 되어 버린다. 그래서 힘을 가진 자들은 '무오류' 일 것이라는, 뭔가 '선한 존재' 일 것이라는 착각에 빠진다. 19세기 일본도, 20세기 미국도, (혹은 장래의 중국도) 거의 무오류의 '신

(神)' 과 같은 존재로 인식하는 착각에 빠진다. 식민지도, 분단도, 전쟁도 모두 (무오류의) '하나님 섭리' 라는 논리는 그래서 쉽게 만들어지고 쉽게 확산된다. 해방 전 친일론자들이 해방 후 쉽게 친미론자들이 되어버렸던 사실도 결코 이와 무관하지 않다.

정치란 사람을 모으는 일?

정치학자로서 '정치란 무엇일까' 를 스스로에게 묻는다. 정치인들은 정치를 무엇이라고 생각하고 있을까? 정치를 직업으로 삼고자 했던 그 순간의 판단은 무엇이었을까? 이루고자 하는 가치였을까, 아니면 자신을 드러내고픈 사적(私的) 욕망이었을까? 정치를 오로지 기술과 정치공학의 관점에서만 보고 정치판에 뛰어든 것은 아니었을까? 가끔 그런 사소한 것들이 궁금해질 때가 있다.

오래전이지만 이름을 대면 다 알만한 노회한 정치인 한사람이 '정치란 사람을 모으는 일' 이라고 규정했던 적이 있다. 사람들의 마음을 얻는 일이라고 말했다면 그렇게 틀린 말은 아닐 것이다. 그런데 그는 사람들을 결집하고 동원하는 것이 정치라고 당당하게 말했다. 기술로서 정치를 보는 대표적 시각이다. 사람을 동원하는 것은 결국 정치권력을 얻고자 함인데 그 과정만을 정치라고 간주하고 있다. 정착 중요한 것은 정치권력을 얻고 난 후에 무엇을 할 것인가에 있는데도 말이다.

시대와 국민을 이끌어가는 비전 제시를 정치권력 획득 과정보다 덜 중요하게 간주하는 것도 문제고, 비전을 가진 척 대충 흉내만 내고 실천의지가 없는 것도 정치 본연의 의미를 망각한 것이다. 국가의 최고통치권자가 정치를 '정당들간의 문제' 라고만 전제하고 본인은 정치 위에 존재한다고 생각한다면 그것도 심각한 문제다. 정치는 국가라는 정치적 조직의 경영이기 때문이다.

정치가 무엇이냐를 두고 다양한 정의(定義)가 있다. 그 중 가장 잘 알려진 정의 중의 하나는 "가치의 권위적 배분" 이라는 것이다. 저명한 정치학자 이스턴 (David Easton)이 내린 정의다. 이 짧은 글귀에도 중요한 의미들이 포함되어 있다. 가치는 왜 배분되어야 하며, 권위는 무엇이고 어떻게 형성, 유지되는가 등의 논제다. 국가라는 정치적 조직 안에서 가치는 누군가에 의해 독점

되어서는 안된다. 독점되지 않고 배분되어야 하는 가치가 정당성을 가지려면 그 배분방식이 사회적으로 수용되어야 한다. 국민다수가 납득하려면 정의(正義)가 전제되어야 한다는 의미다.

가치를 권위적으로 배분해야 하는 것은 유한한 재화를 두고 사회적 갈등이 존재하고 있음을 전제한다. 그러므로 정치란 합당한 권위를 정당한 방법으로 사용하여 그 갈등을 풀어내는 것에 목적이 있다. 사회 내 존재하는 각가지 문제들을 풀어내서 국민들이 행복하게 삶을 유지토록 만드는 것이 정치다. 정치가 갈등을 증폭시키거나 사회적 문제를 더 곤란할 정도로 만든다면 그것은 올바른 정치라 할 수 없다. 사회적 문제를 해결하고 정당한 방법으로 가치를 배분하는 일에 권력을 사용하는 것이 아니라 부정하게 사욕을 채우는 것에 사용한다면 그것을 어떻게 권위라 부르겠는가? 독선에 차 있어 국민들 고통에 귀 기울이지 않는다면 어떻게 정의롭고 권위적인 배분이 가능하겠는가? 적대감에 가득 차서 갈등해소의 방법들을 내팽겨진 채 국민들을 편 가르고 싸우는 일에만 골몰해서는 그것을 어찌 정치라 부르겠는가? 정치 때문에 우리 역사가 퇴행할 것 같아서 참으로 걱정스럽다. '정치란 무엇인가' 에 대한 답을 제대로 전달하지 못했던 책임이 정치학 교육의 문제였다면 정치학자로서 참으로 민망한 일이다.

생각하는 힘

2016년 경, 모 방송국에서 방영했던 '진짜 사나이' 란 프로그램이 있었다. 주말의 그 골든아워 프로그램을 즐겨봤던 애청자들에게는 좋아하는 몇 가지 이유가 있었다. 군대시절 향수도 새록새록 생각나게 만드는 공감의 매력이 있었고, 유명 연예인들이 실수를 거듭하고 고생하는 모습을 보며 묘한 카타르시스를 느낄 수도 있었다. 타인의 고통을 즐기려는 새디즘(Sadism)이 우리 심리의 근저에 도사리고 있는지도 모른다.

동시에 비판적으로 바라봐야 할 이유도 여러 가지였다. 그 중 하나는 절대복종의 두려움을 시청자들에게 무의식중에 각인시키고 있었다는 점이었는데, 그것이 나는 무척 불편했다. 훈련소 조교들의 살벌한 명령과 두려움 그득한 연예인들의 얼굴이 대조를 이루면서 공포를 동반한 권력의 속성이 상기되기도 했다. '권력은 무서운 것' 이라는 느낌을 무의식적으로 자극하는 것 같았다. 이는 묘하게 당시 박근혜 정권의 권력 행사방식과 맞닿아 있는 듯하여 언짢은 감정이 들기도 했다. 민주화 이후 30년, 권력이 곧 공포임을 끝없이 확인해야 하는 일은 불편하다.

군대를 다녀온 사람들은 대부분 느낌으로 기억하고 있다. 훈련소처럼 공포가 일상이 되어 횡행하는 공간에서는 사람들의 머리가 백지처럼 비워진다는 것을. 머리가 텅 비워지면서 몸은 피동적으로 움직이고 '생각' 할 틈을 좀처럼 갖지 못한다. 생각을 하게 되면 오히려 실수가 생긴다는 것이 그들의 논리였다. 공포가 일상이 되면 그런 논리조차 스스럼없이 받아들이게 된다.

'생각' 하는 일은 인간의 가장 특징적인 능력이다. 생각하는 힘은 아름다움과 추함, 옳고 그름을 판단할 수 있는 능력이기도 하다. 20세기 뛰어난 정치사상가인 한나 아렌트 (Hannah Arendt)의 논변이다. 생각은 자신의 존재방식에 대한 사유이기도 하고, 타인의 처지에 대한 공감의 능력이기도 하다.

유대인 학살을 지휘했던 아돌프 아이히만 재판을 참관한 후 그녀가 내렸던 결론은 '악의 평범성' (banality of evil)이었다. 악은 기괴한 존재가 아니라 우리 가운데 있다는 것이다. 아렌트의 눈에 비친 아이히만은 지극히 평범한 중년남자였다. 그도 당시 자신의 행동이 준법정신이었다고 항변했다. 아렌트가 보기에 아이히만은 생각하는 것을 포기한 사람이었다. 인간이 생각하기를 멈추고 오로지 명령수행에 대한 무조건적 복종을 행위 원리로 삼을 때 악은 지극히 평범한 사람의 행동을 통해 드러난다. 1930년대 일본 군국주의의 선두에 서서 반인륜적 행동을 서슴치 않았던 사람들도 그랬다. 유신시대, 고문을 행했던 수사관들의 모습도 그것과 다르지 않았을 것이다. 영화 남영동에서도 수사관의 그런 모습이 묘사되기도 했다. 사람을 거의 죽음 직전까지 몰아가는 고문을 자행하다가, 쉬는 시간이 되면 담배를 피워물고 자식 진학을 걱정하는 그런 모습이 고문 수사관 속에 도사린 '악의 평범성' 일 것이다.

이전에 국민을 '개돼지' 에 비유해서 말썽을 빚었던 고위공직자가 있었다. 그런 말을 드러내 놓고 하는 사람은 드물지만, 기득권층이나 권력층 다수의 사람들이 그런 생각을 가지고 있을 것으로 추측한다. '소수의 엘리트 집단이 다수의 무지몽매한 국민을 이끌어 가고 있다'는 인식 언저리에는 '생각하기'를 멈춘 사람들을 전제로 한 것이 아닐까. 이런 인식에 엘리트주의라는 고상한 이름을 붙이기는 다소 역겹다. 그런데 국민들조차 이런 뒤틀린 인식을 스스럼없이 수용하도록 장치된 것은 아닐까. 권력을 무비판적으로 받아들이도록 교묘하게 재생산되는 사회는 아닐까. 유신시대가 역사 저 편으로 사라진지 이미 오래다. 그러나 유신의 장치들이 기억 속에 문신처럼 각인되고 망령처럼 우리 주위를 여전히 배회하고 있는 것은 아닌지 두려울 때가 있다.

국민주권이란 헌법정신의 핵심이다. 국가의 모든 권력은 국민들로부터 나온다는 이 간단하고도 심오한 원리는 '생각'을 끊지 않는 국민이라는 전제 위에 서있다. 국민들이 생각하는 일을 포기하면 어떤 권리도 남아 있을 수 없다. 체제순응의 복종심리만 남는다. 그것은 다시 독재시절로 되돌아가는 길이다. '나조차 생각을 끊으면 / 이 세상 모든 사상은 / 거기서 끝나는 것이다' (김기정, "깨어있는 시민")는 절박함이 요구되는 시대인지 모른다.

불편해진 현실을 살아가면서도 생각하기를 포기하지 않는 사람들의 결기가 미래를 만들어 나간다. 그러므로 생각을 멈추지 말아야 한다. 지금 시대는 무엇이 결핍되어 있고 어떻게 바꿀 수 있는가의 생각을 끊지 말아야 한다. 생각들이 모여 강을 이룬다면, 그 강이 흘러 닿아야 할 바다는 지금보다 조금은 밝은 시대일 것이다. 우리는 그것을 시대정신이라고 부르고 희망이라 말한다.

역사 속 보통사람들

2016년 12월의 광화문 거리에는 우리 역사를 움직여왔던 힘들이 그득했다. 가로수 낙엽들이 흩어져 날리는 계절이었으나 낙엽조차 '퇴진' 구호를 외치고 있었다. 촛불혁명이라 부르고, 시민혁명이라 이름 붙여진 역사의 페이지 안에 사람들은 모두 마음을 모았다. 입을 모아 함성을 질렀고, 함께 물결을 이루었다. 감동에 몸 떨며, 흐르는 눈물조차 부끄러워하지 않았다.

우리 역사는 보통사람들 (ordinary people)이 만들어 온 역사다. 그 평범함의 위대함이 자랑스럽게 가슴에 벅차오른다. 역사 발전이 특정 지도자의 공적(功績)으로 전유될 수 없음은 명백하다. 묵묵히 일상을 살았던 보통사람들이 역사의 주인공들이다. 산업화와 민주화 과정이 그러했다. 한국 산업화의 비밀은 우수한 '인적 자원' 이었다. 그들의 산업현장이 경제발전의 토대였다. 1987년 6월, 광화문을 가득 메었던 '보통사람들' 의 함성 없이 한국의 민주화가 가능했겠는가?

생각해보면 우리 역사의 중요한 변곡점마다 보통사람들이 그 방향을 정해왔다. 무기력하고, 때로는 오만했던 지배층을 대상으로 역사가 가야할 길을 결정하고 바꿔왔다. 3.1운동이 그러했고, 4.19혁명, 80년 광주민주화투쟁, 87년 6월 민주화 항쟁이 그랬다. 진실되기 위해서 애쓰는 보통사람들이 촛불혁명의 자랑이다. 그래서 위대한 가치가 되었다.

보통사람들의 상식과 도덕이 나라를 지탱하는 힘이다. 민주주의를 다시 세워 새로운 대한민국을 앞으로 진전시켜야 할 힘도 거기서 나온다. 세계 곳곳에서 민주주의가 조롱받는 시대다. 그 틈새에 포퓰리즘과 분노만 자극하는 괴팍한 정치인들이 등장한다. 21세기 민주주의가 위기에 처했다고 모두들 우려한다. 이런 시대에 우리의 촛불이 희망으로 비쳐지는 것이 자랑스럽다. 비폭력, 평화적 방법으로 국민들은 정치적 의사를 표현한다. 우리의 촛불은 21세기 민주주의의 전범(典範)이다.

역사의 새로운 길을 정하는 일은 보통사람들의 몫이다. 그러므로 눈을 뜨고 깨어 있어야 한다. 새로운 대한민국의 새로운 민주주의를 굳게 세우는 것이 시민혁명의 완성일 것이다. 지금까지 4월 혁명, 6월 항쟁, 두 번의 시민혁명이 미완에 그쳤다는 아쉬움이 있고 보면 더욱 절절하다.

길거리의 낙엽조차 뜨거운 열망을 드러냈던 그 시간, 사람들은 새로운 나라에서 새로운 숨을 쉬고 싶다고 외쳤다. 구호를 외치며 땅 위로 떨어지는 낙엽들이 마침내 고운 양분이 되어 새봄을 약속하고 있음을 굳게 믿고 싶어 했다.

이게 나라다

“국경의 긴 터널을 빠져나오자 눈의 고장이었다. 밤의 밑바닥이 하얘졌다.” 일본 소설가 가와바타 야스나리(川端康成)의 유명한 소설, 『설국(雪國)』을 여는 명문장이다. 칙칙하고 눅눅했던 터널, 깜깜하여 어떤 것도 도무지 분간하기 힘든 긴 터널을 빠져나온 느낌을 간결하게 묘사한 시적(詩的) 표현이다. 벗어나고 싶은 어두운 과거로부터의 탈출도 이런 느낌일 것이다. 독자의 시선을 사로잡는 것은 밤이 밑바닥부터 하얘진다는 표현이다. 어둠을 지나 희망이 우리에게 성큼 다가선다면, 그 밝은 느낌은 발아래부터, 깊은 밑바닥의 어둠이 씻겨 나가는 그런 느낌일 것이다. 무엇인가를 새로운 것을 기원할 때, 그것은 하얘지고 밝아지는 것에 대한 희망일 것이다.

새로운 나라에 대한 기원도 그런 것이다. 2014년 4월, 세월호 참사를 목격하면서 사람들은 "국가는 과연 무엇인가?"를 물었다. 국가를 책임진 지배세력 어느 누구도 답을 하지 않았다. 답을 하지 않는 국가는 어둠에 싸여 있었다. 무응답의 꼬리 끝에 박근혜-최순실의 국정농단이 붙어 있었다. 대답을 하지 않은 것이 아니라 대답할 수가 없었을 것이다. 그들은 국가가 무엇이어야 하는지 생각조차 없었을 지도 모른다. 그러자 사람들이 다시 물었다. 광화문 거리가 어둠에 녹아내리지 않게, 촛불만으로도 거리를 밝힐 수 있으리라는 믿음으로. 그리고 따졌다. "이게 나라냐." 그들은 여전히 답을 하지 못했다. 공주놀이에 바빴고, 기업 돈 갈취하는 권력자 놀음을 했고, 엘리트 부역자들은 그 거대한 카르텔의 부속품인 것을 훈장인양 위세를 떨었다. 판단과 생각하기를 끊고 욕망에만 탐닉했다.

지배 권력이 그토록 무능하고 부패했으니, 사람들이 묻고 사람들이 답을 찾으려 했다. 국가는 과연 무엇이어야 하는가? 나라다운 나라는 어떤 것이어야 하는가? 세월호와 함께 가라앉은 국가를 촛불로 다시 건져 올리려 했던 것이다. 새로운 대한민국에 대한 모두의 기원은 간절함을 넘어 절규에 가까웠다. 2016년 광화문, 촛불의 물결은 대한민국 재건축을 요구했다. 외관만 바꾸는 리모델링 수준이 아니라 기존 패러다임의 변화, 리셋 수준의 새로운 출발을 제안했다. 지난 70년간 대만민국이 살아왔던 방식에 대한 통렬한 성찰이 있어야 한다고 외쳤다. 무엇이 이렇게 사람들로 하여금 '국가가 무엇이며, 나라다운 나라는 무엇인가' 외치게 만들었는지 심각하게 함께 고민해보자는 의미였다.

그 고민 위에서 1948년 대한민국의 꿈을 다시 조립해보자는 것이었다. 적폐청산이라는 말은 그런 배경에서 등장했던 정치적 구호였다. 재조산하(再造山河)라는 멋진 4사성어도 제안되었다. 이 강산을 다시 만들고 싶다는 의미였다. 아름다운 산과 푸른 강물이 흐르는 그런 금수강산으로 다시 만들고 싶다는 뜻이었다. 자연경관에 관한 이야기가 아님을 다들 공감하고 있었다. 정치와 사회 시스템, 가치체계와 인식을 다시 새로 출발하듯 만들고 싶다는 열기였다. 새로운 희망으로 채우고 싶다는 열망이었다.

촛불의 명령으로 새로운 정부가 세워졌다. 5년의 짧고 제한된 임기다. 어떤 것은 이루어 내고, 다른 어떤 것들은 시작조차 못할지 모른다. 그러니 사람들은 여전히 묻고, 여전히 희망을 놓지 말아야 한다, '어떤 나라여야 하는가' 수 천 년의 역사 속에서 한반도 땅 위에 수많은 나라가 세워지고 또 사라졌다. 21세기를 살아가야 하는 우리는 이 역사지점에서 지금의 나라가 갖추어야 할 최소한의 자격을 묻는다. 대한민국의 모든 권력은 국민으로부터 나온다는 주권재민의 숭고하고도 엄중한 의미를 겸허하게 받아들이는 정치를 요구한다. 국민의 권력을 한시적으로 위임받은 정부는 '국민의, 국민에 의한, 국민을 위한' 정부여야 한다. 국민의 정치적 의사를 제대로 대의(代議)하는 선거제도, 정당체계를 갖추어야 한다. 그게 나라다.

공정성이 보장되는 사회경제 시스템을 갖춘 나라이기를 기원한다. 반칙이 반칙인 줄 알면서도 '어쩔 수 없다'는 무력감이 지배하는 사회를 이제 빠져나오고 싶다. 공정한 규칙에 의해 경제활동이 보장되는 건강한 시장, 그 안에서 근면함과 창의력의 에너지로 충만한 기업들이 우리 경제성장을 견인해 가는 그런 나라여야 한다. 세계적 경제 위기에서도 뚝심있게 발전과 성장을 이루는 나라, 그런 대한민국이기를 사람들은 기원한다. 기적의 불꽃을 다시 살려내는 나라의 국민이고 싶다. 그게 나라다.

우리를 조롱하려는 저들 강대국들에게 우리 촛불의 위엄을 보여주며, 단단한 안보능력, 당당한 외교력을 갖춘 나라에 살고 싶다. 약소국 무력감이라는 터널의 오랜 기억을 딛고 일어서는 그런 나라를 보고 싶어 한다. 우리 역사의 주인은 바로 우리이므로, 한반도 안정적 관리에 주(主)책임자는 대한민국 외에는 없다. 열강들의 정치적 결정을 수용만 하는 것이 아니라, 한반도 상황을 변화시킬 수 있는 권리 ('We have a right to change.')가 우리 자신에게 있음을 보여주는 그런 나라이기를 희망한다. 한반도를 넘어 대륙으로, 저 넓은 해양으로 우리의 협력적 능력을 과시하는 대한민국을 열망한다.

긴 터널을 지나야 역사의 밤은 밝아질 것이다. 그럴 때 우리가 딛고 선 밑바닥부터 하얗게 탈색되는 그런 아침이어야 할 것이다. 오랜 질곡과 파행이 만들었던 인식의 밑바닥이 밝아져, 곱게 쌓인 눈처럼 순결하게 이웃과 이웃의 어울림이 그득한 나라. 그런 나라를 기원하고 또 기원한다.

대한민국 현대정치사 해제(解題)

대한민국 정부 수립 이래, 지배 권력의 형성, 등장, 변용과정은 시대담론과 일정정도 관련성을 가지면서 진행되어 왔다. 시대담론은 국가의 운영과 진행방향에 관한 것이었다. 1948년, 분단된 한반도 땅에 수립된 대한민국에게 크게 세 가지 시대 과제가 주어졌다. 빈곤극복, 민주주의 실현, 한반도 통합이라는 목표였다.

왕조와 일제 식민지의 유산이 남겨진채 시작되었던 것이 제1공화국이었다. 그 뒤틀린 예비기간을 거친 후 등장했던 한국 지배 권력은 빈곤극복에 일차적 목표를 두었다. 산업화 세력이 등장했고, 발전론을 내세워 군부-관료-자본의 삼각 연대를 낳았다.

민주화 세력은 그들에 의해 억압되었고, 담론은 위축되었다. 한반도 통합의 시대담론은 냉전의 국제환경 때문에 무기한 강제 연기되었다.

권위주의 체제를 등에 업었던 산업화 세력의 생명은 끈질기게 연장되었다. 87년, 국민들 함성으로 민주주의를 회복시킬 무렵, 민주화 세력은 거의 무력화되어 있었다. 그들은 국민들의 결기로 정권을 잡았으나 그들만으로 지배 권력을 유지하기도, 국가를 통치하기도 버거웠다. 산업화 세력과의 연대가 불가피했다. 3당 합당이나 DJP 연합은 그런 배경에서 등장하였다.

노무현 전(前)대통령은 스스로를 '민주화 세대의 막내' 라고 불렀다. 그의 시대는 민주화 담론을 넘어서는 새로운 지배 권력의 형성, 새로운 시대담론이 필요했던 시대였다. 노무현 자신도 그것을 꿈꾸었으나 역부족이었다. 되레 주류라는 이름의 산업화 세력들, 특히 거기에 기생했던 구(舊)권력 집단의 비아냥이 그의 희망을 좌절시켰다. 탄핵이후 일시적으로 등장했던 세력은 소위 '386세력' 이었다. 그러나 그들은 국민들과 공유할만한 시대비전을 제대로 담아내지 못했다. 성숙하지도 못했고 지리멸렬했다.

그 틈새에 산업화 세력의 잔당들이 다시 등장했다. 산업화 초기에 작동했던 일부 신념들은 거의 사라졌고, 잔당들에게는 악습만 계승되었다. 그것이 이명박, 박근혜 정권이었다. 국민들 눈을 속이기 시작했다. 70년대식 국토개발을 내세우면서 경제성장의 향수를 자극했고, 박정희 신화를 재가공하여 정권을 잡았다. 그 결과는 참담했다. 일말의 부끄러움도 없이 공익을 사유화하는 것에 눈이 멀었던 시절이었다. 이명박 박근혜 정권은 시대 흐름상 실패할 수밖에 없는 정권이었다. 산업화, 민주화 시대를 뛰어넘는 새로운 시대담론을 장착하지 못했다. 대신 그들은 부끄럽게도 종북몰이에 몰두했고, 머슴시늉하는 세력들의 호가호위(狐假虎威)만 노골화되었다. 퇴락해버린 산업화 세력의 민낯을 증명했던 시절이었다.

2016년, 촛불을 밝히며 국민들은 선언했다. '한 시대가 끝났다.' 착시를 불러 일으켰던 가공된 신화도 함께 막을 내렸다. 국민들도 숱한 퇴행의 시간을 겪고 나서야 마침내 눈을 뜨게 되었다. 눈을 뜬 국민들, 한국 현대사의 중요 결절점마다 그 힘을 폭발시켰던 국민들이 다시 새로운 시대를 열어가기를 열망했던 지점이 2017년이었다.

촛불 정부라 스스로 불렀던 문재인 정부는 다양한 혁신을 요청받았다. 재조산하(再造山河), 적폐청산을 정치적 구호로 압축했다. 적폐의 대상은 사람과 세력의 문제이기도 했지만, 더 중요한 것은 일부 기득권층의 반칙을 가능하게 했던 제도와 그것의 작동을 용인해 왔던 문화였다. 대한민국 재건축이 필요하다는 시대 요청이었다. '다시 집을 짓듯' 새로이 나라를 만들어 보라는 국민들의 요구였다. 다양한 혁신 프로젝트가 가동되는 듯 보였다. 사람들은 '뉴스가 드라마보다 더 재미있다' 며 재건축에 큰 기대를 걸었다.

'개혁은 혁명보다 훨씬 어렵다.' 불과 2년도 지나지 않은 시점에 적폐청산이 정치적 도구로 악용된다는 비판이 일각에서 제기되었고, 개혁 피로증이라는 용어도 언론에 등장했다. 지속성과 변화의 동력이 크게 굉음을 내며 부딪쳤다. 산업화 세력의 잔당들은 이미 상당한 기득권 세력이 되어 있었다. 촛불이 사위어 갈 무렵 다시 등장한 그들을 누군가는 좀비 같다고 불렀다. 오래된 레코드가 다시 소리를 내며 돌아가기 시작하면서 혁신의 동력들이 점차 힘을 잃기 시작했다. 개혁의 진통이 시작된 듯 보인다. 전환기의 시대가 몇 번이나 반복될지 아무도 모른다. 새로운 시대담론은 이런 진통을 겪은 후에야 더욱 단단해져 있을 것이다.

좋은 지도자의 조건

리더십 연구는 여러 학문분야가 교차하는 지점에 존재한다. 정치학을 비롯한 사회과학은 물론, 인문학의 여러 영역도 리더십 연구에 포함된다. 종합학문인 셈이다. 그런데 리더십 연구가 활발한 시기가 오히려 리더십 결핍의 시대를 방증한다는 지적도 제법 타당하게 들린다. 좋은 지도자의 등장을 염원하는 사회적 분위기 때문이다.

리더십에는 다양한 유형이 존재한다. 경우에 따라 상반된 유형도 동시에 존재한다. 이를테면 가치중심의 리더십과 목표중심의 리더십은 스펙트럼 양극에 놓인 유형이다. 어떤 유형이 더 '좋은' 리더십일까의 질문은 큰 의미가 없다. 리더십을 필요로 하는 시대의 조건과 상황에 따라 다르기 때문이다. 그러므로 리더십을 묻는 질문은 필연적으로 우리 시대가 놓인 좌표를 보게 만든다. 우리는 어떤 유형의 지도자가 필요한 시대에 살고 있는가.

그럼에도 불구하고 역사적으로 훌륭한 지도자라 존경받았던 인물들에게서 몇 가지 공통된 덕목들을 발견할 수 있다. 유형별 분류와는 다른 문제다. 우선, 지도자는 우선 비전과 꿈을 가져야 한다. 꿈은 이상이며 미래상이다. 미래상은 역사를 제대로 성찰하지 않으면 생길 수 없다. 지도자의 꿈은 환각이거나 욕망이서는 안된다. 지도자의 이상을 좇아 많은 사람들이 움직이려면, 그것은 보편적 가치를 지녀야 하고 공적 이익과 관련된 것이어야 한다. 사적 이익만 추구하면 구한말과 일제강점기의 친일파처럼 되기 십상이다.

다른 하나의 덕목은 겸허함이다. 군림만 하고자하는 지도자가 아니라 사람들 소리에 귀 기울이고 그 뜻을 존중하는 사람이어야 한다. 섬기는 리더십은 헌신과 존중의 결기를 필요로 한다. 지도자와 추종자들의 관계는 권력관계이지만, 진정한 권력은 일방향적 행사가 아니라 쌍방향적 소통일 때 비로소 정당성을 획득한다.

그러므로 리더십의 가장 중요한 덕목은 공감 능력이다. 사람과 시대가 아파하는 원인에 대해 공감하고 그것을 이해하지 못하면 쉽게 '유체이탈' 이 된다. 공감능력이 부재하면 오로지 권력을 행사하는 행위에만 골몰하게 되고 공포를 상시로 재생산하여 사람들 위에 군림하려 할 것이다. 공감은 이성의 영역이라기보다 감성 영역에 가깝다. 냉철한 두뇌에 못지않게 중요한 것이 뜨거운 가슴이다. 뜨거운 가슴을 열지 않고는 결코 사람의 마음을 움직일 수 없다.

우리 사는 시대의 가장 큰 고통은 절망감이다. 도무지 희망을 갖지 힘든 무기력감이다. '헬조선' 이란 말은 몇몇 청년들의 철부지 투정이 아니다. 꿈을 잃어가는 청년세대의 처절한 외침이다. 이런 시대환경을 시대랍시고 물려준 기성세대에 대한, 지배세력에 대한 원망의 소리이기도 하다. 청년들이 아프면 사회 전체의 고통이 된다. 그들이 꿈을 잃으면 나라는 병들고 만다. 재계, 교육, 종교 어느 영역도 절망하는 이들에게 해답을 내놓지 못한다. 그래도 희망을 찾아야 하다면 정치영역에서 찾아야 한다. 정치적 합의와 결정이 뭔가 바꿀 수 있는 출발점이 되기 때문이다. 훌륭한 정치 지도자가 고통을 희망으로 전환하자는 비전을 조직적으로 발신할 수 있기 때문이다. 우리가 이 시대의 아픔을 절절하게 공감하는 지도자, 절망을 희망으로 바꿀 수 있는 지도자를 열망하는 이유도 어쩌면 그것이 유일한 길이기 때문이다.

정치(politics)와 '정치적이라는 것'(political)의 차이

2017년 대선을 앞두고 벌어졌던 TV 토론 중 장면 하나.

지지율 1위 후보와 2위 후보 간의 논쟁이 있은 직후, 3위나 4위 후보쯤 되는 사람이 공격 화살을 2위 후보에게 겨누었다. 그러자 대뜸, "우리 주적은 저긴데, 왜 나를 공격하느냐?"라고 되받아 쳤던 장면이 있었었다. 편 가르기, 또는 갈라치기를 생생하게 드러냈던 토론 장면을 보면서 짧은 생각에 잠겼다.

보통, 정치(politics)의 정의는 '사회적 가치를 권위있게 배분하는 것'이다. 정치학을 직업으로 하는 나는 '책에서' 그렇게 배웠다. 여기에는 갈등의 조정을 위한 가치의 배분, 배분방식의 사회적 수용, 그러므로 정의의 의무가 포함된다.

반면, '정치적인 (political) 것' 이라는 말은 '적과 동지의 구분' 이라는 의미가 담겨 있다. 철학자 칼 슈미트 (Karl Schmitt)의 논변이다. 그는 적을 규정하는 것이 '정치적인 것' 의 본질이라고 설명하면서, 적을 구분하는 기준은 경제적, 미적, 도덕적 기준과는 별개의 것이라 봤다. 적은 단순히 타인, 혹은 이질자이면 충분하다는 것이다. '우리 편과 저쪽 편' (we and they)의 편 가르기가 가장 기초적인 '정치적인' 행위다.

'가치의 권위적 배분' 이 국가운영에 관한 것이라면, '적과 동지의 구분' 의 권력추구 과정에서 자주 목격되는 현장 논리다. 전자가 가치 중심이라면, 후자는 기술 중심이다. 정파, 정당간의 관계에서만 '정치적인 나뉨' 이 존재하는 것은 아니다. 같은 정당, 같은 편이라고 믿는 그룹 내에서도 '정치적인' 구분을 한다. '우리는 이너 그룹, 재네들은 떨거지들' 이라고 구획하는 순간, 진영과 경계가 생긴다. 편 가르기가 시작되고 배척하고 차별하는 일은 '정치적인' 판단의 결과로 나타난다. 대신 '우리 그룹' (we-group)내의 일탈에 대해서는 관대해진다. 눈을 감아주는 것, 그것도 '정치적인' 일이 된다.

이질적인 적을 구분하고 그들과 우리 사이를 경계 짓는 일은 사실 어디라도 작동한다. 그런 의미에서는 우리 살아가는 방식이 '정치적인' 행위의 연속인지도 모른다. 지식과 전공에 관계없이 '정치적인' 판단, 행동이 민감하고 예리한 사람들이 있다. '정치적인' 직관이 아닐까 짐작해본다. 정치학자가 그런 '정치적인' 직관이 뛰어날 것이라고 예단하는 경우가 있다. 그럴 때마다, "나는 정치학을 공부하지 '정치적인' 공부는 하지 않습니다"라고 손사래를 치곤한다.

폴리페서 비판론 유감(遺憾)

정부 정책이 논란이 되자 그것이 교수출신 청와대 고위인사 때문이라는 평가가 시중에 나돌았다. 동료 정치학 교수 한 사람이 폴리페서를 비판하는 글을 언론에 기고하였다. 그에게 편지를 보냈다.

C 교수,

칼럼이 지식과 권력의 관계에 관한 성찰을 담고 있고, 미래에 있어야 할 관계까지 고민한 것에 대해서는 충분히 공감합니다. 폭을 더 넓혀 생각한다면 그 '권력' 이 반드시 '정치권력' 이라는 법은 없겠지요. '자본' 의 권력과 지식의 관계 설정에도 의미가 있을 것으로 봅니다. 폴리페서라는 단어가 있다면 캐피페서(capifessor)라는 말도 생겨나지 않을까요? 지식인이란 결국 자본가의 하수인 노릇이라는 비아냥도 있어 왔지만, 정치학 분야에서도 자본권력과 건강한 긴장관계를 생각해 봐야 하지 않을까 싶어요.

아무튼 '폴리페서' 라는 칼럼 제목을 보면서 몇 가지 짧은 생각들이 스쳐 지나갑니다. 그 말이 한국형 권력-지식관계의 단면을 비판하는 단어로 통용되고 있다는 점도 잘 압니다. 현실변화에 크게 관심이 없는 교수들을 제외하고 보면, 현시대 우리가 대면하고 있는 미완의 현실과 지식인 역할 사이에는 대략 다섯 가지 태도 유형이 있다고 보입니다. 미완의 현실을 재생산 시켜나가는 메커니즘에 '정치' 란 것이 작동하고 있어서 정치학자들은 '현실의 변화' 역할에 특별히 민감하기도 하지요.

1. 초연한 태도: '내가 바라는 세상, 내 수업을 수강한 학생들이 미래 세상에서 어떻게든 바꾸어 주겠지. 설사 바꾸는 것에 실패하더라도 난 크게 상관없다' 고 생각하는 유형
2. 사회담론 참여: '나의 지식과 가치에 따라 신문에 글을 기고하고 방송에도 출연하고 인터뷰도 하면서 (미완의) 현실을

비판하고 싶다. 그 일이 사회적 담론 형성에 일조한다면 지식인의 역할은 하는 셈이다.' 고 생각하는 유형.

3. 자문위원 역할: '정부 혹은 정당에 정책 자문위원으로 참여하면서 정책방향에 조언도 하고 평가도 하는 일 정도는 지식인의 역할 범주 안에 있다' 라고 생각하는 유형
4. 정책의 실천: '사회를 바꾸려면 결국 정책으로 실천해야 한다. 정책 현장에서 내가 가진 꿈과 이상을 직접 실천해 보고 싶다.' 라고 믿는 유형
5. 정치인으로의 지향: '정책 실천만으로는 부족하다. 정치인들과 교분을 쌓아 그 정치인 네트워크 속으로 직접 뛰어 들어야 한다. 정치일선으로 뛰어들려면 국회에 진출하는 것이 가장 최적의 통로다' 라고 믿는 유형

지식인의 사회적 책임이라는 관점에서 대략 생각해 볼 수 있는 것은 위의 다섯 가지 유형일텐데, 문제는 과연 몇 번 유형을 폴리페서라고 규정할 수 있을까요? 보통 4번 유형과 5번 유형을 폴리페서라고 부를 것이라는 짐작은 하겠습니다만, 그러면 3번 유형은 폴리페서가 아닐까요? 그리고 그 기준선을 누가 결정하는 것일까요?

폴리페서라는 단어에는 단순한 비판을 넘어 주홍글씨의 낙인이 찍힙니다. 폴리페서라는 단어는 누군가에 의해서 명명된 신조어입니다. 현실참여를 하려는 교수들에게 누군가가 비판을 목적으로 붙인 이름인 셈이지요. 그렇게 명명하려는 자들이, 위 분류에서 기준선을 자의적으로 정하고, 그러면서 그들이 가지게 되는 '명명의 권력' 에 대해서는 어떻게 생각합니까?

또 하나 같이 고민해 봐야 하는 점이 있습니다. 우리나라 정당들은 대부분 정책 생산 기능이 원활하지 않다는 것이 현실입니다. 그런 연유로 정책을 통해 가치와 이상을 실현하려는 교수와 지식인들이 선거 국면에서 '정책생산' 과정에 참여하게 됩니다. 다만, 선거 국면에서도 '정책' 의 방향을 고민하는 그룹과 '선거공약' 을 만드는 그룹들이 항상 동일하지는 않습니다. 그 현장에서도 이상과 현실 사이의 괴리, 또는 갈등도 있습니다.

3번이건 4, 5번 유형이건 간에 개인마다 '의도' 는 반드시 같지 않을 겁니다. 권력 자체에 목표를 두는 사람들도 물론 있겠지요. 유형에 특별히 관계없이 그럴 수도 있습니다. 현실 참여의 범위와 경계를 정할 때 누구나 고민들은 할 겁니다. 결심의 과정, 그래서 만들어지는 진로들이 본인의 의도와 상관없이 진행되는 경우도 있으리라고 봅니다. 그냥 '폴리페서' 라는 카테고리에 강제 편입시켜 '개인적 고민의 농도' 와 관계없이, '의도' 가 동질한 부류로 비난하는 것은 아닐까요.

정치학자로서, 지식인으로서 사회변화에 참여하는 일은 꽤 오래된 고민입니다. 칼럼을 읽고 오래된 수첩 속에 숨겨두었던 한때의 고민거리가 다시 일어나 몇 자 적었습니다. 나에게 폴리페서라고 주홍글씨를 붙여둔 사람들도 꽤 많을 테니까요.

√√ (못 다한 이야기): 정책 참여 과정의 '의도' 의 동질성/비동질성에 관한 구분이 중요하다는 점은 위 편지에서 언급하기는 했다. 국가의 미래상과 그것을 이루어 내는 수단으로서 지식 (그리고 정책 제안)보다는 처음부터 어떤 자리를 목적으로 하는 경우도 있을 수 있다. 위에서 언급한 유형에 관계없이 그런 부류의 교수들도 있다. 지식을 정책에 활용하고 싶어 하는 대부분의 교수들의 행동은 (한국 지식인 사회의 문화 때문인지) 대개 적절한 수준의 '점잖음' 을 유지하고 싶어 한다. 드러내 좋고 어떤 자리를 요구하는 행동은 잘 하지 않는다는 뜻이다. 이를테면 '나의 아이디어가 필요하다고 생각한다면 나는 기꺼이 일은 하겠다.' 그런 식이

다. 조선시대 사대부의 출사(出仕)의 심정도 그것과 크게 다르지 않았을 것이다. 그러나 욕망을 스스럼없이 드러내는 경우도 있을 것이다. 심지어 신문에 기명칼럼을 기고하고 싶어 언론사에 청탁하는 경우도 있다고 들었다. 이런 적극성을 띤 사람들이 '발탁' 되는 경우도 없지 않다하니, 폴리페서 논쟁은 유형 구분의 문제만은 아닐 것이다. 지식 활용의 방식에 관한 개인적 판단, 그리고 개인 품성과 관련된 문제가 아닐까 싶다.

√√ 정책 구상에 참여했던 교수들은 국정 운영의 동반자라고 스스로를 규정하는 경향도 생긴다. 그러나 그러한 정체성은 지식(인)의 용도를 생각하는 집권세력의 정치적 판단과 반드시 일치하지 않을 수도 있다. 그 간극 때문에 어떤 정권이든지 교수를 비롯한 지식인 사회를 어떻게 관리할 것인가는 중요한 정무적 과제가 된다. 교수들이 여론 주도층의 한 부분이어서 그렇기도 하거니와, 결국 역사 속에서 정권의 공과에 대한 판단도 학자들의 몫으로 남기 때문이다.

코끼리를 춤추게 하는 것

'칭찬은 코끼리도 춤추게 한다.'

채찍이나 비난보다는 격려가 훨씬 효과적인 동기부여가 된다는 뜻이다.

정치를 직업으로 하는 사람들이 많아지면서 온갖 군상의 인물들이 정치판으로 몰려든다. 우리나라 역대 국회의원들의 수준을 비교했던 한 동료 정치학자가 농담조로 했던 이야기가 있다.

'우리나라 국회의원들 수준이 가장 높았던 적이 언제인지 아세요?'

'글쎄..'

'제헌국회 시절입니다'

'왜 그렇지?

'그때는 정치를 직업으로 가졌던 사람이 한 사람도 없었거든요'

정치인이 되는 것이 장래 희망이라면서 야간대학원에 진학하는 지원자들이 많다. 그럴 때마다 물어본다.

'정치는 왜 하고 싶으세요?

잘 준비된 답들을 쏟아낸다. 그들의 학구열도 높이 사야 한다. 대학원 재학시절 배우게 될 다양한 시선과 정치학 이론들을 접하면서 복잡한 세상사를 보다 잘 이해하려고 노력할 것이므로. 준비된 답 뒤에 숨어 있는 욕망도 간혹 간파된다. 권력에 대한 특별한 욕구가 읽히기도 한다. 딱히 대놓고 비난할 일도 아니다. 욕망이 사람을 움직이게 하는 동력이 되는 경우가 많으므로.

정치학이 전공인지라 제법 많은 정치인들을 만날 기회가 있었다. '국민에 대한 봉사' '공복(公僕)으로서의 책무' 등의 간판을 내걸고 정치를 시작했던 사람들이다. 대개의 경우 초심은 사라지고 권력 행사의 방도에 관심을 가지고 있는 경우가 많았다.

드물게 여전히 꿈을 가지고 있는 정치인들과 조우하기도 했다. '꿈' 이란 것이 사적 욕망을 의미하는 것이 아니다. 미완의 세상, 모순이 넘치는 사회를 조금이라도 바로잡고 싶어하는 공적 열망이 '꿈' 이다. 그러므로 꿈은 이상(理想 ideals)과 동의어다. 이상주의자라는 비난을 받는 것을 개의치 않는 정치인들도 간혹 있다. '정치는 현실' 이라는 명제가 난무하는 가운데에서도 이상을 포기하고 싶어 하지 않는 사람들이 있다. 대개 그런 부류의 정치인들은 현실문제와 부딪히면서 고뇌한다. 꿈을 세상 안으로 밀어 넣고 싶을 때마다 겸손해한다. 그러면서도 미래 세상에 대한 상상을 포기하지 않는다. 그 상상력이 에너지가 된다. 꿈을 꾸지 않는 정치인은 대개 사적 이익에 몰두한다. 꿈을 포기하지 않은 정치인은 맑은 눈빛들을 지닌다. 칭찬에 들떠 움찔대는 코끼리처럼. '꿈은 정치인을 들뜨게 한다.'

기사(記事)는 다음 세대 역사책의 초고다

비평을 한다는 것은 쉬운 작업이 아니다. 비판하기도 하고, 평가하기도 하는 일이 비평이다. 그래서 신중해야 한다. 특히 문화예술영역 비평이 아니라 사회현상에 대한 비평이 그렇다. 비평에는 비평하는 측의 판단기준이 있어야 한다. 문화예술 영역의 작품 비평에는 비평주체의 주관적 판단기준도 일정정도까지는 허락된다. 그런데 사회현상 비판에는 최대한 객관성을 유지하려는 노력이 전제되어야 한다. 물론 무엇이 객관적인지, 얼마나 객관적인지는 늘 논쟁의 대상이긴 하다. 심지어 단순히 사실(facts)을 전달하는 일에도 탈객관성의 유혹이 끼어들기도 한다. 상반된 정보 중에서 전달자가 사실이라고 믿는 것을 '선택' 하기 때문이다.

사회 비평의 역할을 담당하는 것이 언론이다. 팩트의 '선택' 을 하건, 비평을 하건 기사를 쓰는 사람들에게 '판단' 의 기준이 있어야 한다. 그 기준이란 것이 최소한 보편적 가치에 근거하고 있을 때 독자들에 대한 공정성이 확보된다. 인간사와 세상이란 것이 어차피 불완전하기 때문에 가치 보편성에 대해서 회의적인 사람들도 물론 있을 것이다. 그렇더라도 상식선을 넘어서면 비판이 아니라 비난조의 보도가 된다. 의도적 불공정을 작심이라도 한 듯, 기사제목을 붙여둠으로써 프레이밍 (framing; 해석의 준거틀) 효과를 노리려는 언론도 있다. '좀 지나치지 않은가' 충고를 할라치면, 가치의 다양성을 무기삼아 상식선에 대한 판단력을 개의치 않는다고 답하는 경우가 있다. 비평 불공정성에 대한 비판도 아랑곳하지 않게 되면서, 제대로 팩트 조사조차 하지 않는 기사들이 양산된다. 광기와 독기를 스스럼없이 드러내는 지경에 이르고 나니, 사회비평자로서 언론은 길을 잃은 듯 보인다. '기레기' 는 그런 배경에서 양산되었다.

보편가치, 공공적 이익, 판단의 기준. 이런 점들에 대한 고민이 전혀 없을 것이라고 보지는 않는다. 긴장감이 사라져 간다는 것이 문제라면 문제다. 간혹 특정한 집단이나 계급의 이익을 드러내놓고 대변하는 언론 논조도 심심찮게 본다. 편파적인데도 공정성을 가장하고 있을 때 가소롭다는 생각이 들 때도 있다. 그런데 간혹 일부 기사나 칼럼, TV의 시사 논평자들의 언술들을 보면 '한심한 수준' 이라는 평가조차 후하다고 느낄 때도 있다. 이를테면 언론인의 직함을 달고 나와 특정 정치세력 (그것이 보수건 진보건)의 '집권방법' 에 대해 훈수를 두는 경우도 있었다. 정당이나 정치인들이 해야 하는 고민을 왜 언론이 해야 하는가? 사회 공공가치에 대한 고민은 하는 것일까? 객관성, 공정성 위반에 대한 비판이 제기되면 '언론 기관도 상업적 이익 추구에 자유롭지 않다' 느니 '언론사도 먹고 살아야 하지 않느냐' 면서 비판을 피해가기도 한다.

오래전 한일 저널리스트 대화에 참여하여 언론인들의 언술들을 관찰했던 적이 있다. 나로서는 궁금했다. 한국과 일본의 언론인들은 어떤 기준점에서 자국의 외교정책, 상대국의 외교정책을 비평하고 있을까? 국제 이슈, 외교적 현안에 대해 비평에는 세 가지 시각이 있을 것으로 전제하며 그들의 발언을 유심히 지켜봤다. 자국 정권 (정부)의 정치적 이익에 부합하는가의 시각인가? 아니면 자국 국가이익을 염두에 두고 비평하고 하는가? 혹은 보편적 가치의 관점에서 적절한 정책인지를 묻고 있는가?

사실, 언론인들이 자국의 (혹은 상대국의) 정책을 비평할 때, 국익 관점이라는 기준만 유지해도 기사는 그나마 꽤 읽어줄 만하다. 물론 국익이란 개념도 정의하는 사람에 따라 달라진다. 상호간 국익이 부딪히는 외교 현장에는 언론의 그같은 비평경로를 거치면서 여론이 조성되기도 한다. 세 번째의 시각은 협력지향의 시대적 추세라는 글로벌적 가치를 의미한다. 한일 양국의 언론인들이 세 번째 시선을 가지는 것은 거의 불가능해보였다. 그런데 언론의 보도 태도가 자국 '정권의 이익' 이라는 기준점을 두고 보도하는 태도를 가지면 그냥 '정권 기관지' 라고 부르는 편이 나을지도 모른다. 그런 의미에서 보면 일본에도 '기레기' 가 없다고 말 못한다.

그 심포지움에서 아직도 기억나는 한 장면이 있다. 일본의 한 언론인은 자신의 고민을 털어 놓았다. 어떻게 글을 써야 할 것인가가 늘 고민한다는 것이다. 그 스스로가 내놓은 답은 이랬다. '언론인의 글은 역사기록이어야 한다.' 그는 그런 심정으로 글을 쓴다고 고백했다. 그 표정이 자못 진지해 보였다. 2017년 개봉되었던 영화, "포스트"(The Post)는 미국 유명 언론사 '워싱턴 포스트' 가 진실의 보도를 위해 닉슨 정권과 맞섰던 실화에 바탕을 두고 있다. 백미는 사주(社主) 케이 그레이엄이 했던 단 두 문장이었다. "(죽은) 내 남편이 뉴스란 것에 대해 뭐라고 했는지 아세요? 뉴스는 역사의 초고(草稿 rough draft of history)라 그랬답니다."

'식민지근대화론이 머꼬?'

전공이 달랐던 나의 고등학교 동창이 툭 던지듯 내게 물었다. 특정 이론을 둘러싼 논란이 학문적 논쟁 영역을 벗어나 사회적 이슈가 되는 경우는 매우 드물다. 진화론 정도랄까? 사회과학 이론들 중 이처럼 대중의 입에 오르내리는 이론이 또 있을까 싶다. 이론의 이름으로는 널리 알려져 있지 않지만 '민주평화론' 도 이 범주에 넣을 수 있지 싶다. 민주주의 국가들이 비(非)민주국가보다 더 평화지향적이라는 이론이다. 학술적으로는 논쟁적인 이론인데도 불구하고, 보통사람의 의식세계에 꽤 깊이 박혀 있다. 미중갈등을 바라보는 시선에 이 논쟁적 이론이 인식적 배경으로 작동하고 있다는 사실을 아는 사람이 많지 않다.

역사가 현재를 규정한다는 엄중한 사실을 새삼 깨닫는다. 더 엄밀하게 말하면 역사에 대한 해석이 현재의 삶을 규정한다. 역사를 해석하고 설명할 때 학자들은 개념들을 사용한다. 개념은 추상적이다. 그리고 포괄적이다. 무엇보다도 특정한 개념을 사용할 때 개념과 언어에 내재된 사회적 의미가 자연스럽게 함께 전달된다. 이를테면 '개입' 혹은 '관여'라는 의미가 원래 의미인 단어, engagement라는 단어가 있다. 이를 '포용'이라고 표현할 때, '포용'이라는 말이 갖는 사회적 의미, '관용' '봐준다' 등의 의미로 확대 해석된다. '퍼주기' 논란은 그런 배경에서 나왔다.

식민지근대화론은 일본의 한국 통치가 결과적으로 한국의 '근대화'에 바탕이 되었다는 것이 핵심 주장이다. 일제가 세웠던 제도가 그랬고, 산업시설이 그랬다는 것이다. 숫자와 통계 (이것을 실증주의 접근법이라 부르기도 한다)가 그것을 증명한다고 주장한다. 이 이론에 대한 비판요지는 식민지 경제가 결국 수탈을 위한 경제체제였다는 점, 통계 뒤에 숨어 있는 사회적 맥락을 해석하지 않고 있다는 비판 등이다.

'식민지 경험 → 근대화 토대'라는 논리구조에서 좀 더 생각해봐야 하는 점은 식민지근대화론 개념의 뒷부분, 즉 '근대화론'이다. 근대화이론은 50~60년대 핵심적 발전이론이었다. 사회발전의 단계는 전근대 (전통)사회 → 근대사회로 이행한다고 전제한다.

한국사회에서 근대화라는 단어는 뭔가 긍정적 의미로 사용되어 왔다. 보다 나은 방향으로 역사가 진행되는 것을 근대화라고 불렀다. 박정희 정권 시절, '조국 근대화'는 정부의 공식용어였다. 경제 성장, 물질적 토대를 확대하고 싶었던 열망을 근대화라는 단어에 심었다. '전통적인' 것들은 멸시의 대상이 되었다. 좀 더 객관성을 가장하려면 '식민지발전론'이라고 명명해도 될 것을 굳이 '식민지근대화론'이라는 개념을 사용할 때, '근대'라는 단어에 숨겨진 긍정적 의미를 은근히 강제한다. 식민지근대화론에 대한 찬성론자도, 반대론자도 모두 그러한 인식틀을 공유하고 있다.

이 이론이 던지는 논쟁점의 하나는 '근대란 무엇인가'일 것이다. 산업화, 세속화, 도시화 등의 현상을 근대화의 지표라고 봤다. 그런데 그 준거점들이 대부분 서구의 경험에 바탕한 것 아닌가라는 비판은 오래전부터 있어왔다. 근대화이론은 서구적 편견이 내재된 이론이라는 것이다.

근대화이론은 학문 영역을 넘어 정치적 의미를 가지기 시작했다. 시작점과 속도는 다르지만 궁극적으로 모든 사회는 전(前)근대사회에서 근대사회로 이행 (발전)한다는 '일선상의 발전론(linear development)' 을 전제하고 있다. 그래서 근대를 향한 발전에 필요한 요소들 (자본과 기술)을 전근대 사회에 이식(移植)하면, 그들 사회도 빠르게 근대로 '발전' 할 것이라는 '약속' 이 숨어 있었다. 그 이론은 실제 60년대 (미국의) 해외원조 영역에서 정책으로 모습을 드러내기도 했다. 19세기 이래 제국주의 확대과정도 '이식' 의 절차로 설명되기도 했다. 식민지 경영도 시혜(施惠)의 과정이라는 인식도 그래서 생겨났다.

발전에 관한 이 '이론' 이 실증적으로 심각한 오류가 있다는 것을 지적했던 사람들은 '과연 발전이란 무엇인가?' '어떤 사회이건 전통과 근대의 이분법은 적실한 것인가?' '서구사회를 모방하는 과정이 발전인가?' '그렇게 자본과 기술이 이식된 지역이 과연 발전했는가?' 를 되물었다. 그들이 발견했던 것은 비서구 지역에 강제된 '저발전 상태의 영속화' 구조였다. 발전이란 것이 아예 봉쇄된 구조라는 것이다. 발전론 학문 영역에 전혀 다른 패러다임은 그렇게 탄생했다. 종속이론, 세계체제론 등이 바로 그것이다.

20세기 후반, 한국의 발전 경험은 그들 이론에게도 흥미로운 사례였다. 종속화의 구조에 '편입' 되었으나, 그 구조적 한계를 극복한 사례가 한국의 발전이었다. '종속적 발전' '주변부로부터의 오솔길' (pathway from periphery) 등의 표현은 한국의 경이로운 발전 과정에 대한 설명이었다. 저발전이 구조화되었던 남미 국가들과는 달리, 한국은 그 한계를 이겨냈던 것이다. 어쩌면 아직도 이겨내고 있는 과정인지도 모른다. 2019년, 한일 전략전쟁이 가지는 의미가 그런 과정의 일부라고 보인다. 65년 한일협정 체결로 수직적 국제분업구조로 편입되었으나 상당부분 '분업화의 하위영역' 구조를 극복했고, 아베정부의 수출규제 결정을 계기로 나머지 극복과제를 진행할 준비가 시작되었다고 보인다.

그렇다면 무엇이 한국의 '발전' 을 가능케 했을까? '위인론' 즉 위대한 정치지도자 때문이었다는 논리는 다분히 정치적 신화화(神話化)에 가깝다. 외국 학자들이 다수 동의하는 한국의 발전요인은 한국 국민들의 높은 교육수준, 즉 인적 자원 (human resources)이었다는 것이다. 그 인적자원이 산업 현장을 확대했고, 수직적 국제분업 구조를 이겨내려 치열하게 고민했다. 그들 보통사람들이 마침내 민주화조차 이루었다. '식민지근대화론' 은 힘들게 국제분업구조의 한계를 이겨내려 했던 보통사람들의 열망과 치열한 노력을 힘주어 설명하지 않는다. '일제 식민지 경험' 이 근대화의 대단한 출발이었다고 간주할 따름이다.

한편, 20세기 후반, 사회주의의 정치적 실험이 실패로 끝난 후 종속이론과 세계체제론은 현실적 의미를 상실한 듯 보였다. 저발전 구조화에 대한 대안(사회주의 체제)이 현실 정치세계에서 사라졌기 때문이었다. 세계가 탈냉전으로 이행되면서 이미 고사되었다고 판명된 근대화이론이 다시 고개를 내밀었다. 이는 신자유주의, 세계화 현상의 확대와도 맞물려 있었다. 발전을 위해서는 (한국처럼) 정치적 권위주의체제가 불가결하다는 결론으로 오도되기도 했다. 그리고는 혼돈이었다. 세계적 금융위기를 몇 차례 거치면서 자본주의 자체의 위기가 거론되기 시작했다. 많은 개발도상국들에게 '발전' 은 점점 높아진 허들이다.

발전이란 과연 무엇인가를 다시 물으며 학문적, 현실적 혼돈의 시대를 우리는 살고 있다. '근대화' 를 이루었다고 평가받지만, 우리는 소위 '선진' 사회로 진입했을까? 선진화 주술(呪術), 선진-후진 이분법의 망령에 아직도 사로잡혀 있는 것은 아닐까? 산업화의 물질적 성장 뒤에 놓쳐버린 것들 중에 이른바 '전통적 가치' 는 없었을까? 이웃과 어울려 살기를 열망했던 공동체는 어디로 갔을까? 부(富)를 확대하고 싶었던 욕망의 시대를 거쳐 오면서 '무한 경쟁' 논리만 씁쓸한 훈장처럼 남은 우리 모습을 다시 보게 된다. 전통(전근대)사회란 어떻게든 '타파' 해야 한다는 근대화이론의 내재적 인식, 근대는 뭔가 황홀한 가치라는 이분법으로 역사를 해석하려 했던 것이 근대화이론이었다. 이론을 둘러싼 논쟁이 아직도 진행형인 가운데, 일각에서는 벌써 '탈근대' 를 말하고 있는 시대다.

4. 풍경, 국경 밖

변화한다는 것, 머물러 있다는 것

'What is past is prologue.' '지나간 것은 다만 서막일 뿐이다.'

셰익스피어 (William Shakespeare)의 희곡, Tempest 에 나오는 문구다. 미국 국립문서보관소 앞에 서 있는 네 개의 조각 작품 중에 '미래' 를 형상화했던 아이컨 (Robert Aiken)의 작품에도 이 문구가 새겨져 있다. 과거에 일어났던 일들은 다가올 미래에 어떤 방식으로든 연결되어 있음을 다시 상기시킨다.

과거는 어떻게 미래로 연결될까? 그 연결방식의 하나로 생각해 볼 수 있는 주제가 "변화와 지속성"(change and consistency)이다. 상반된 의미를 지닌 이 두 단어의 결합과 대비는 여러 가지를 함축한다. 개인사 일상의 영역에도, 그리고 그 일상들이 켜켜이 쌓여 만든 사회와 국가의 '역사' 속에도 '변화와 지속성' 은 어느 지점에서나 작동하는 동력이다. 서로 충돌하고 경합한다.

국가든 개인이든 매번 뭔가를 결정해야 할 상황에 이르면 어제와는 다른 '새로운' 상황과 대면해야 한다. 시간이란 늘 새로운 미지를 향해 진행되고 있기 때문이다. 그렇다면 그런 조건 속에서 만들어 내는 '결정' 들은 항상 '변화' 의 속성을 반영하고 드러내야 맞다. 그런데 개인과 국가들이 만들어낸 결정을 살펴보면 과거로부터 면면히 유지되어 오는 뭔가가 있다. '지속적' 인 특징들이 포착된다는 의미다. 변해야 한다는 의지, 변하지 말아야 한다는 결의는 그래서 늘 서로 칼을 겨누듯 다툰다.

지속성은 '머물고자 하는 욕구' 에서 비롯된다. 변화란 '나아가고자 하는 욕구' 에서 나온다. 지속성의 동력은 뭔가 안정되고 안전하기를 원하는 심리다. 그 이면에는 미래의 불확실성에 대한 두려움이 작동하고 있고, 이에 더하여 관성, 매너리즘, 나태함도 숨어 있다. 좀 더 헤집고 들어가면 지속성 담론을 선호하고 발신하는 층들에게는 기존 질서로부터 확보해 왔던 이익들이 있게 마련이다. 그 셈법에 따라 인식의 경로가 과거로부터 종속된다. 반면, 변화의 동력은 현존하는 모순으로부터 탈피하고 싶은 욕구에서 나온다. 모순이란 '불편함' 이다. 그래서 현실이라는 이름의 현상유지(status quo)로 귀결되는 것을 거부하려는 결정들을 한다. 희망과 기대라는 말 속에 현상 타개의 욕구를 심어둔다.

변화와 지속성은 때로는 현실주의와 이상주의의 구분과 겹치기도 한다. '있는 그대로' (as it is)를 봐야 하다는 것이 현실주의라면, '이래야 한다' (it should be)는 당위론의 시선으로 현상을 보려는 것이 이상주의다. 이름이 무엇으로 붙여지건 이 두 가지 동력은 늘 치열하게 경합해 왔다. 프로스트 (Robert Frost)의 시구를 빌려 말하자면, 사람들이 '많이 가 봤던 길' 과 '덜 간 길' 의 구분이기도 하다. '변화' 는 사람이 덜 간 길을 선택함으로써 만들어지는 것이라 그는 말한다. "숲 속에 길을 두 갈래 뻗어 있었다. 나는 사람이 덜 간 길을 택했다. 그것이 모든 변화를 만들었다" (Two roads diverged in a wood, and I, / I took the one less traveled by, / And that has made all the difference.)

2018년 이후 거대한 변화를 개시한 듯 보이는 한반도를 생각한다. 이 땅에는 '변화와 지속성' 이 서로 맹렬히 부딪힌다. 때로는 한반도의 '변화와 지속성'을 개인적 정치적 선호도와 결합하여 관찰하고 평가하기도 한다. 이전 역사와 비교해볼 때 너무 거대한 변화이다 보니 지속성의 동력도 만만찮다. 오랜 시간 대립의 늪에 빠져있었던 남북한 관계 아닌가. 의심은 두려움을 낳았고, 대립과 증오가 어느덧 관습이 되어 왔다. 이를테면 이런 식이다. 북한은 어떻게 해서라도 핵을 가지려 할 텐데, 비핵화니 평화니 말하는 것은 모두 김정은의 사기극이라는 것이다. 그 사기극에 놀아나지 말아야 한다면서 경각심의 날을 세운다. 한반도 긴장완화를 추진하려는 문재인 정부의 의도를 의심하고 비난한다. 그 바탕에는 의심은 물론 증오감이 작동한다. 이런 심리구조가 대립 지속의 토대가 되어 왔다.

평화와 안보를 이루는 방도도 군사안보로 단순화했던 방식에 익숙해져 있다. 'Si vis pacem, para bellum', 즉 '평화를 원한다면 전쟁을 준비해야 하는' 방식의 안보논리, 그것만이 한반도에서는 유일하다고 믿어 왔던 인식구조다. 여기에 더하여, 대립형 분단이 지속되어 오면서, 이익을 갖게 된 사람들도 생겨나게 되었다. 정치적 이익도 있고, 경제적 이익도 생겨났다. 국내이건 국외도 마찬가지다. 분단과 대결이 유지됨으로써 이익을 챙기는 측은 주로 군비경쟁에서 이익을 유지하는 사람들, 그리고 군수자본과 관련이 있다. 현상유지의 담론은 그런 방식으로 한반도에 재생산되어 왔던 터였다.

그 현상유지의 게으름과 불편함을 딛고 대립질서에 '변화' 에 시동을 걸었던 것이 2018년이었다. 2017년, 코앞까지 다가왔던 전쟁위기를 헤치고 만들어 낸 놀라운 변화였다. 지난 70년, 전쟁과 위기는 한반도의 일상이 되었다. 53년 휴전협정은 안정적 평화를 약속하지 못했다. 신뢰도 화해도 실종되었다. 불안정한 정전체제가 일상이 되었다. 이론적으로나 실천적으로 한반도는 '불안정한 평화' 에 다름 아니었으나, 불안정감조차 무덤덤해져 버린 관습이 되었다. 그러나 2018년의 변화는 '가 보지 않았던 길' 에 대한 상상으로부터 출발했다. 불편해진 냉전구도를 변화시켜 안정적이고 지속가능한 평화의 길을 찾자는 것이었다. 변화의 시간은 우리들 안에 내재해 왔던 현상유지의 습관을 다시 재구성해보자고 제안한다. 분단 모순을 다시 성찰해보자는 것이다.

2018년, 변화가 시동을 걸었다. 시동이 언제 '푸시시' 소리 내면서 꺼질까 걱정도 없지 않다. 2019년 이후 만들어 가야 할 한반도의 변화를 생각하면 2018년의 변화는 어쩌면 예열(豫熱) 단계였거나 '서막' 에 불과했을지도 모른다. 남북한 모두 변화의 목적지를 합의했고, 그 방향은 70년 냉전구도로부터의 탈각(脫却)이다. 남북한 관계에서 평화구축은 네 영역으로 나뉘어 진행될 것이다. 정치적 신뢰구축, 경제적 신뢰구축, 사회문화적 신뢰구축, 그리고 군사적 신뢰구축이다. 이론적으로는 보통 군사적 신뢰구축이 그 중 제일 어려운 단계다. 2018년의 한반도에서는 특이하게 정치적, 군사적 신뢰구축이 선행하였다. 남북정상회담과 정치적 합의, 그리고 11개의 오솔길이 만들어진 DMZ가 새로운 출발을 상징한다. 사회문화적 신뢰구축이 제일 후행(後行)할 듯하다. 그만큼 증오와 불신의 기억이 강하고 오래 남았기 때문이다. 기억과 관습 속에 머물고자 하는 사람들에게는 어떤 변화라도 불편할 것이기 때문이다.

새로운 변화, 새로운 희망이 더 절실하다. '새로운 백년' 의 희망 발신은 그런 자각에서 나와야 할 것이다. 다시 고난의 세월을 고스란히 되풀이 할 수는 없지 않겠는가. 대립과 증오가 일상이었던 시대로 되돌아 갈 수는 없지 않겠는가. 변화는 변화를 원하는 사람들의 간절함의 강도만큼 이루어 질 것이다. 그래야 먼 훗날 우리는 이렇게 말하게 될 것이다.

'2018년의 변화는 단지 서막에 불과하였다.'

두 개의 바람

"바람이 분다. 서러운 마음에 텅 빈 풍경이 불어온다."

이소라는 이렇게 애잔하게 그의 노래를 시작했다.

인간에게나 국가에게 단 하루도 바람 불지 않는 날이 어디 있으랴. 한반도에도 그렇게 늘 바람이 불었고 오늘도 그 바람이 그치지 않는다.

2017년 한반도 상공 위에 불었던 바람을 다시 떠올린다. 그 때는 두 개의 바람이 동시에 불고 있었다. 하나는 '파멸의 바람'(destructive drive)이었다. 북한으로부터 불었던 바람이었다. 핵실험을 하고 미사일을 발사했다. 자기방어라는 논리를 앞세워왔지만 자폐적 논리가 연연했다. 안보딜레마의 악순환 구도를 스스로 만들어 갔던 행동이었다. 그 바람만이 유일한 바람이었다면 북한은 물론, 한반도 전체가 공멸의 길로 갈 수밖에 없는 것처럼 보였다. 그래서 파멸의 바람이었다.

다른 하나의 바람은 '공존과 공생을 위한 바람'(constructive drive)이었다. 2017년, 한국에 새로운 정부가 들어섰고 한반도의 남쪽으로부터 새로운 바람을 일으키려 했다. 촛불 국민들의 염원을 담았고, 새로운 희망을 심으려 했다. 남북한이 평화적으로 공존하는 방식이고 궁극적으로 하나의 시장, 한반도라는 새로운 구상이었다. 분단 70년, 새로운 시대 패러다임으로 가자는 요청이었다.

이 두 개의 바람이 한반도 상공에서 경합했다. 2017년 말까지는 북한이 주도하는 파멸적 바람이 훨씬 큰 위력을 발휘했다. 그렇게 되었던 이유는 간단했다. 관련국들이 한반도 패러다임을, 혹은 북한 주도의 게임을 바꿀 아이디어가 없었기 때문이다. 북한이 파멸의 바람을 일으킬 때마다 '화만 내면서'(fury) '대응만'(reactive) 하고 있었기 때문이다. 특히 미국이 그랬다. 오바마 8년, 전략적 인내라는 이름으로 미국은 아무 행동도, 아무 생각도 하지 않았다. 무대응(inactive)의 8년 이었다. 그 기간 동안 북한의 핵과 미사일 능력이 고도화 되었다. 미국 전략가들은 당시 한반도 문제가 정책 우선순위에서 밀려 있었다는 변명도 한다. 그러나 이명박, 박근혜 두 정권들의 대북 강경 정책이 미국의 무대응 전략과 결합되어 있었다는 점에서 우리의 대미 외교도 같은 비판에서 자유롭기는 힘들었다. 오바마 시절의 정책을 맹렬히 비판하며 대통령에 당선되었던 트럼프는 '전략적 인내'를 폐기하고 '최대의 압박과 관여' (maximum pressure and engagement)를 대북 정책으로 내세웠다. 그러나 2017년 내내 압박과 관여를 어떻게 전략적으로 결합한 것인가에 대해서는 별 뾰족한 아이디어가 없어 보였다. 그러니 북한의 행동에 대해 미국은 화만 불같이 내고 있었다. 정책 실패를 자인해야 하는 과정에서 나오는 홧병같은 것이었는지도 모른다.

북한의 도발에 화를 내고 대응하면 할수록 북한발 파멸바람의 프레임 속에서 미국이 빠져 나오기 어려워 보였다. 2017년 당시 미국의 '최대의 압박과 관여' 정책은 이전 오바마 정부와 차별성을 드러내기 위한 것이었지만, 어떤 측면은 정치적 구호에 불과하였다. 관여정책은 '약속의 프레임' 속으로 상대를 유인하려는 전략이다. 2017년에는 이 유인의 아이디어가 준비가 덜 되어 있었으니 오로지 '반응'(reactive)만 했고, 새롭게 선도(proactive)하기가 어려워 보였다. 게다가 일본의 외교도 파멸바람 프레임을 공고하게 만들었던 원인이었다. 아베 정권은 '북한 악마화' 담론을 필요이상으로 국내정치에 이용하고 있었다.

그러했던 조건 속에서 발신되었던 것이 '공존과 공생을 위한 바람'이었다. 베를린에서, 그리고 뉴욕 유엔총회에서 한반도에 새로운 바람이 필요하다는 메시지를 발신했으나 세계의 주목을 받기에 힘겨워보였다. 고고했으나 외로워보였다. 바람의 방향을 바꾸었던 것은 평창 동계올림픽이었다. 한반도 역사 현장에 불러일으킨 신선한 평화의 바람이 마침내 동력을 갖게 되었다. 한반도의 봄을 알리는 바람이었다. 특사교환, 판문점 회담, 평양선언으로 바람의 방향이 바뀌어갔다. 궁지에 몰렸던 북한을 대화의 장으로 유도해 냈다. 북한발(發) 파멸의 바람을 잠재우고, 북한을 설득하는 것에 성공을 거둔 것이다. 남풍이 북풍을 마침내 이겨냈던 것이다. 2018년은 평화의 바람이 훈훈하게 불었다.

두 개의 바람이 다시 경합하게 될 가능성을 완전히 배제하기 어렵다. 북미양국은 2019년 말까지 협상을 지속하겠다는 의지는 보이고 있으나, 미국 대통령 선거가 끝나면 바람의 방향이 또 어떻게 바뀔지 누구도 예측하기 힘들다. 이런 와중에 남풍을 유화 정책으로 규정하고 그 때문에 안보가 위험해졌다며 나라 안팎에서 아우성이다. 북한을 코너로 몰게 되면, 그들은 다시 파멸의 바람을 일으키겠다고 나설 것이다. 협상의 기술이 자취를 감추면 주먹만 설치게 된다.

훈훈한 바람이 일어나기를 기다린다. 폭풍이 아니라 봄바람 같은 부드러운 바람이 한반도 상공 위에 불기를 열망한다. 불안과 의혹의 어둠도 사위어 갈 정도의 새로운 바람을 기다린다. 공생과 평화의 풍경이 함께 불어오기를 희망한다. 바람이 높고 힘차게 불어, 파멸이 눈앞에서 서성대는 시간만큼은 피하고 싶다. 어둠을 딛고 일어설 지혜가 필요한 시대다. 새로운 바람을 불러일으킬 용기와 담력이 절실한 시대다.

북국(北國)에도 봄이 열려, 한반도를 생각하다

북해도에 담록(淡綠)의 계절이 시작되는 시간은 5월이었다.

북국에서 만났던 연두의 빛. 곱고 싱그러웠다. 연두빛은 땅 위 모든 생명의 시작을 알리는 빛깔이다. 그러므로 연두빛은 곧 생명 그 자체이기도 하다. 북국의 땅에서는 5월의 문이 열리고서야 새로움이 '시작' 되는 듯 느껴졌다.

북국에 열린 연두빛을 보며 생각했다. 연두는 초록빛으로 짙게 변색할 것이고, 그래야 비와 바람을 견딜 것이다. 나무는 더 튼튼해져야 건강하게 여름을 지날 것이다. 그런 시간이 지나야 나무와 잎들이 함께 타오르는 가을 단풍도 맞게 될 것이다.

2018년, 남북한 두 정상은 한반도에서 봄을 출발시켰다, 북국에서 피어오르는 연두빛의 여린 나뭇잎을 보며 그 설레고도 장중한 시작을 함께 느꼈다. 2018년을 기점으로 한반도는 새로운 패러다임의 문 앞에 서게 있었다. 훈훈한 봄바람에 장착된 역사적 의미가 자못 무거웠다. 민족내부 관계 (intra-national relations)에서 발신한 동력이 국제정치 (international relations)를 견인할 수 있게 되었다는 의미에서 그러했다. 지금까지 한반도 기상도를 결정해 왔던 것은 주로 국제정치 영역이었다. 식민지, 분단, 전쟁, 대립. 대부분 그러했다. 남북한은 피동적 행위자에 머물러 왔다. 열강들의 한반도 결정들을 수용하고, 소비해왔다. 국제정치 역학관계 때문이기도 했고, 지정학적 조건 때문이기도 했다. 4 · 27 판문점 선언, 9 · 19 평양선언은 이전의 그 패턴을 바꾸고자하는 외침이었다.

지금까지 그래왔듯이 앞으로도 변화에 대한 열망과 이탈에 대한 두려움은 서로 맹렬하게 부딪힐 것이다. 국내정치는 물론, 국제정치의 현장도 70년 분단이 만들어 냈던 현상유지(status quo)에 익숙하다. 지속되는 이익이 있고, 인식의 관성(inertia)이 작동하기 때문이다. 그러나 이상(理想)이 살아 숨 쉬는 한, 역사는 쉽게 퇴행하지 않음을 다시 새겨두는 일도 필요하다.

쉽지 않을 도전들이 기다리고 있다. 이겨내고 슬기롭게 헤쳐 나가야 잎들 무성한 한반도의 여름, 풍성하고 화려한 금수강산의 가을을 맞지 않겠는가. 노란 단풍 그득할 가을 숲을 생각하며, 현상유지의 길로 되돌아 간 것이 아니라 사람이 '덜 간 길' (road less traveled by)을 선택한 것이 결국 모든 변화를 가능케 했다고 안도의 한숨을 쉬는 그런 날을 상상해 본다. 두려움은 희망을 이기지 못한다. 그 엄중한 사실을 북국의 5월을 열었던 봄날 연두빛의 여린 나뭇잎을 기억하며 새삼 다짐해 본다.

클라크 흉상 앞에서

홋카이도(北海道)대학 입구에 클라크 (William Clark)의 흉상이 있다. 이 학교의 전신, 삿포로농학교(札幌農學校)를 설립했던 미국인이다. 우리에겐 "Boys, Be Ambitious."라는 명언을 남긴 사람으로 유명하다. 척박한 동토(凍土)에 살았던 일본의 젊은이들을 일깨웠던 그의 말. 언 땅을 일구어 내는 일은 미래에 대한 원대한 상상력으로부터 시작되어야 한다는 뜻이었을 것이다.

Ambition. 우리말로는 야망, 열망, 희망쯤의 뜻이겠다.

냉전의 동토(凍土)로 남겨졌던 한반도를 생각하며 이 말을 다시 새기는 일은 가슴 뜨겁다. 한반도의 봄에 대한 열망, 희망을 결코 포기하지 않았던 사람들에 의해 역사는 봄을 열었다. 더 원대한 희망, 더욱 뜨거워지는 열망을 가지고 싶다. 한반도의 평화로부터 시작된 동북아의 미래를 상상하는 젊은이가 되고 싶다.

미래는 미리 정해져 있는 것이 아니다. 미래는 어떤 미래 속에서 살고 싶은가의 열망, 그 미래상(未來像)으로부터 만들어 지는 것이다. 미래구상은 그러므로 창의적이어야 한다. 한 번도 가지 않은 길에 대한 상상력이 필요하다. 이 지점에서 대개 보수와 진보의 엇갈림이 있다. 보수는 과거로부터 이어진 큰 틀을 깨트리질 않을 궁리를 한다. 급격한 변화에 대한 두려움 때문이다. 진보는 현재의 모순에 대한 고민에 몰두한다. 그리고 그것의 극복에 상상의 초점을 둔다. 퇴행의 습관을 과감히 버리고 싶어 하는 것이 진보의 동력이다. 지금까지 한반도 관리방식에는 '현상유지'(status quo)가 대세였다. 거기에서 한국 보수가 내공을 얻었던 이유이기도 하다. 그러나 현상유지는 경로종속의 내재화를 반복한다. 게을러지고 변화에 대해 배타적인 태도를 가지게 된다.

정치지도자들의 열망과 결단에 의해 역사가 별안간 속도를 내는 경우가 있다. 2018년 이후의 한반도는 '현상유지' 가 아니라

'현상변경' 의 계절을 열어가고 있다. 한국외교가 북한을, 그리고 미국을 움직였다. 북한은 중국을 움직였다. 동북아 전략판이 크게 요동치면서 새로운 패러다임으로 진행하려는 조짐을 보이고 있다.

종전선언과 평화협정
한반도 비핵화
교류형 공존질서의 남북한 관계
북한 개발 협력과 하나의 시장, 한반도
시장이익 공유에 근거한 한반도 질서
'교차승인' 의 실현

평화공존과 공동번영의 동북아
다자간 안보협의체와 동북아 군비통제

모든 것이 가능하다. 어쩌면 더 원대한 상상력이 필요할지도 모른다.

"Boys, Be Ambitious."
클라크가 남긴 이 짧은 명언은 결코 예사롭지 않다

속죄(償い; 쯔구나이)와 화해 (reconciliation)

일본 싱어송 라이터 중에 사다마사시 (さだまさし)라는 가수가 있다. 그는 사랑, 인연, 가족 등 다양한 주제를 노랫말 가사로 다루었는데, 재치 있으면서도 심금을 울리는 표현으로 주목받곤 했다. 그의 작품 중에 속죄(償い; 쯔구나이)라는 제목의 노래가 있다.

가사 내용은 이러하다. 몇 년 전 불의의 교통사고를 낸 어떤 사람이 사망자 미망인에게 매달 월급의 전부를 보내왔다. 어느 날 그는 흐느끼며 자신(話者)에게 달려왔다. 한통의 편지를 들고서. 7년 만에 처음으로 그 미망인으로부터 답장이 온 것이었다. 그 편지에는 "감사합니다. 당신의 선한 마음씨를 너무 잘 알았습니다. 그러니 이제 송금은 그만 해 주십시오. 당신의 글씨를 볼 때마다 남편 생각이 나서 힘이 듭니다. 당신의 마음을 알겠습니다만, 이제 부디 당신 자신의 인생을 이전처럼 회복하시길 바랍니다." 용서받을 수 없다고 생각했던 미망인으로부터 온 편지가 너무도 고마워서 오히려 화자(話者)가 외친다. "하느님 감사합니다. 그가 용서받았다고 생각해도 될까요. 다음 달에도 송금할 것이 뻔한 그 착한 사람을 용서해 주셔서 감사합니다."

1982년 발표된 이 노래가 다시 화제가 되었던 것은 2002년이었다. 2001년 상해치사죄로 기소되어 재판을 받게 된 두 청년이 있었다. 재판과정에서 그들은 반성의 말은 하긴 했으나 피해자가 먼저 싸움을 거는 바람에 정당방위로 폭력을 행사했다는 등 진솔한 반성의 빛을 보이지 않았다. 동경지방재판소 재판장은 판결문에서 이렇게 말했다. "두 피고인은 사다마사시의 '償い(쯔구나이)' 라는 노래 가사를 읽은 적이 있습니까? 이 노래의 가사를 읽어봤다면 당신들의 반성과 변명이 왜 사람의 마음을 움직이지 못하는지 알 수 있을 것입니다." 사람의 마음을 움직이지 못하는 반성이나 사죄는 형식에 그치고 만다는 뜻이다. 그 재판 판결문이 화제가 되자 사다마사시는 "법률로써 마음을 재판하는 것에는

한계가 있다. 이 기회를 빌려 재판의 실형판결로 결론을 낼 것이 아니라 사람의 마음으로부터 반성을 촉구해야 하지 않을까" 라고 언급했다고 한다.

사람의 마음으로부터의 반성, 그리고 그 마음을 이행하는 과정으로서의 속죄. 어떤 경우라도 진심이 담겨야 용서가 가능하다. 그것이 물질적 배상으로 나타나는 것은 다만 형식의 문제일 뿐이다. 마음의 문제고, 진심의 문제다. 그 노래가사에서 보듯, 송금했던 금액 총량이 용서를 결정하지는 않는다. 사람과 사람의 관계도 그렇고, 국가간 관계도 마찬가지다. 화해(reconciliation)는 그런 단계를 거치면서 만들어 진다.

2019년 초, 한일관계가 심각해지기 시작했던 무렵, 일본은 문희상 국회의장의 발언을 문제 삼고 나왔다. 퇴임하는 일왕 (일본에서의 호칭은 텐노)을 거론한 것을 두고 일본은 아베수상과 고노외상을 필두로 일제히 공박에 나섰다. 문의장 발언이 '무례' 하다는 것이었다. 텐노를 신(神)의 지위로 격상시켜온 다수의 일본인들은 텐노가 어떤 오류도 범할 수 없는, 따라서 어떤 오류도 인정하지 않는 존재라고 믿는 듯하다. 문의장은 한국 정치인들 중에 대표적 지일파(知日派) 정치인이다. 그의 메시지는 명료했다.

'일왕이 위안부 할머니들 손을 잡고 정말 잘못했다라고 말해준다면 이 문제는 해결되는 것이다.' 그가 기대했던 것은 일본측 책임있는 누군가의 진심어린 속죄였을 것이다. 그 사람이 만약 '일왕' 이라면 더 의미가 있지 않을까하는 기대였다. 사다마사시 노래의 주인공처럼 말이다.

국제정치에서 화해는 참으로 어려운 정치적 과정이다. 화해가 곧 용서는 아니다. 화해는 가해자의 가해 행위를 상기하고 확인하는 것부터 시작된다. 화해는 피해자가 가해자에 대해 용서하려는 단계에 이르러 완성되는 것이지만, 그것에 이르는 과정에는 가해자의 '속죄' 의 마음과 행동이 함께 표현되어야 한다. 모든 속죄가 다 배상을 전제로 하는 것은 아닌 것은 물론이다. 사과의 '진정성' 을 요구해 왔던 한국의 입장에서는 일본측이 마음으로부터 '속죄' 하려는 태도를 가져야 한다고 믿어 왔다. 돌이켜보면 고노 담화(1993), 무라야마 담화(1995), 김대중-오부치 선언(1998), 간 담화 (2010) 등 조금씩 사과표현의 진전이 있어 왔던 것도 사실이다. 그러나 곧 이어 시도 때도 없이 일본측 망언들이 터져 나왔던 것을 보면 일본이 과연 진정한 속죄의 의도가 있는지 의심하지 않을 수 없게 된다. 이런 상황에서 '사과 피로' 운운은 부적절할 뿐더러 진정성을 의심받기에 딱 좋다. 더

욱이 국가와 국가의 화해 과정에서 정부의 역할에 한계가 있을 수밖에 없다. 분노와 슬픔을 협의나 협약으로 어찌한단 말인가. 사람의 기억과 마음을 정부끼리 협의의 대상으로 할 수 있겠는가. 더 이상 역사의 슬픔을 기억하지 말라며 정부끼리 결정하기는 불가능하다.

아주 객관적으로 표현하자면, 지난 백여년 불행을 경험했던 한국과 일본은 아직 제대로 된 역사화해의 방법을 찾지 못하고 있다. 한쪽은 진심어린 반성을 촉구하고, 다른 한편은 정부간 협의로 해결하려 했다. 역사 반성과 화해에 관한 인식차이에서 비롯된 것이다. 해결방식의 프레임의 차이, 즉 정의(justice frame)의 관점이냐, 합의와 약속 (legality frame)의 관점을 중시하느냐의 문화 차이이기도 하다. 그러나 더 본질적 문제는 가해자로서의 정체성이 일본 사회에서 점차 옅어져 왔기 때문이다.

한일관계에도 새로운 미래 구상이 필요하다. 이사 갈 수 없는 운명을 가진 이웃나라 아닌가. 그러기 위해서는 역사를 다시 되돌아보지 않으면 안된다. 정부의, 혹은 정치가들의 어떤 정치적 결정들이 양국관계를 그렇게 어렵게 만들었는지 진지하게 되돌아봐야 한다. 되풀이 하지 않겠다는 결심이 필요하다. 그래야 화해를 향한 길을 찾는 것이 가능하다. 역사화해는 새로운 미래를 위한 조건이기 때문이다.

일본 재판장이 피고인들에게 물었던 그 질문을 다시 생각한다. 3·1절 백년을 맞이했던 2019년, 일본의 책임있는 정치인들에게 그 질문을 되돌려 주고 싶었다. '사다마사시의 속죄(償い; 쯔구나이)라는 노래가사를 읽은 적이 있는가?

전략은 무엇으로 구성되나

2019년 여름, 한일 외교전쟁이 격화되어 갔던 무렵, 한국의 일부 전문가들이 한국 정부에게 물었다. '과거로 가자는 말이냐.' 한국 사회에 잠복된 민족주의 정서를 자극하는 것이 옳은 것이냐며 우리 정부의 조치와 대응 자세에 대해 날을 세웠다. 그러면서 '냉정한 대응전략', '전략적 판단' 등을 단어를 앞세웠다. 마치 전략이란 것에는 역사가 작동할 공간이 없는 것처럼 전제한다. 물론 전략이란 미래 상황에 대비하는 구상이라는 지적에는 이의가 없다.

그러나 전략은 아이디어 경쟁만이 아니다. 구상을 실행에 옮기게 될 때 가용한 자원 (resources)을 고려해야 전략에 실행력이 생긴다. 보통사람들의 집단 기억, 그것에 근거하여 과거의 고통을 되풀이하지 않겠다는 강한 의지. 그것만큼 중요한 전략의 가용자원이 어디에 있는가. 그런 의미에서 역사에 대한 국민적 공감대는 가장 현재적 의미를 지닌 국력 요소다.

더욱이 과거 회귀 운운하며 비판하던 사람들은 2019년 한일 전략전쟁의 의미를 잘 파악하지 못하고 있는 듯 보였다. 강제징용에 대한 한국 대법원의 판결이 1965년 한일협정(청구권 협정)을 위반한 것이냐, 아니냐의 논쟁만은 아니었다. 1965년 체결되었던 한일협정은 반공과 식민지 청산을 연결고리로 하여 양국이 외교관계를 다시 시작했던 지점이었다. 그런데 식민지 청산은 처음부터 불완전했고, 그러던 사이 반공은 사라졌다. 반공이라는 전략적 공유이익이 사라지면서 전략판이 흔들리고 있었던 중이었다. 한국 대법원의 판결은 65년 청구권협정이 처음부터 불완전했고 식민지가 불법이라는 판단을 토대로 하고 있었다. 이것을 정치쟁점화 했던 것이 아베의 일본이었다. 한국을 미일동맹의 경계 밖으로 밀어내든지, 아니면 한국의 급소를 쳐서 무릎을 꿇게 하든지, 두 가지 목적을 염두에 두고 시작한 아베의 선공(先攻)이었다. 동북아 판(板) 위에 벌어지는 거대한 전략전쟁이었다. 출구전략도, 정책효과도 별로 고려하지 않은 무모한 결정이었다. 그들의 전략적 (이걸 전략이라고 불러야 할지 확신할 수 없지만) 판단력에 문제가 있어 보였다.

무리에 가까운 이 전쟁은 역사전쟁의 측면도 내포하고 있었다. 21세기에 19세기형 국제정치관으로 한일관계를 다루려고 하는 것이 아베다. 그러니 19세기말 당시 일본 정치인들의 정치적 판단으로 한국인들이 어떤 고통을 감내해야 했는지 기억해내는 것은 당연하다. 아베정부가 격발한 역사기억이었다.

100여 년 전에는 일본이 원하는 대로 진행됐는지 모르지만 지금은 그럴 수 없고, 그래서도 안된다는 것을 새삼 다짐하는 것이 우리 전략의 기본이어야 한다. 이럴 때 보통 사람들의 역사기억은 대단히 중요한 전략의 구성요소가 된다. 과거를 제대로 기억해 내는 것이 전략이어야 한다는 뜻이다. 100년 전 일본 정치인들의 정치적 결정 때문에 한일 양국 국민들이 큰 고통을 겪어야 했다는 사실을 다시 생각하는 일, 그것이 전략의 자산이 된다는 뜻이다. 우리 국민들이 그런 역사 인식을 갖고 있어야 의연하고 당당할 수 있다. 그렇게 당당해야 화해 요청도, 용서도 우리 몫으로 남겨 둘 수 있다. 도덕적 우위에 선다는 것만큼 좋은 전략 자산이 어디 있겠는가?

'과거로 가자는 말이냐?'

그 힐난에 대한 답은 이렇다.

'과거로 가야 한다. 그래야 미래가 보인다.'

여론과 민족주의 정서

2019년 한일 갈등은 정부간 갈등에서 국민들간 갈등으로 확전되었다. 일본에는 혐한(嫌韓) 분위기가 다시 분출되었고, 한국에서는 반일 민족주의가 불쑥 뜨거워졌다. 그런데 아베와 그 주변의 전략가들이 한국에 대해서 잘 모르는 것이 있었다고 보인다. 한국인들에게 반일 민족주의 정서가 얼마나 기본 사양(default)으로 장착되어 있는지를. 역사 교육을 통해, 다양한 문화적 기제를 통해 저항과 극복의 민족주의를 얼마나 내면화해 왔는지 잘 모르는 것 같았다. '다시는 지고 싶지 않다' 는 정서가 얼마나 굳건하게 다져져 왔는지 잘 이해하지 못했던 것이 틀림없다. 평소, 반일 민족주의를 의식 수면 밑에서 통제하면서, 일본 정부와 일반 국민들을 분리시켜 대해왔는지를 제대로 파악하지 못했던 것처럼 보인다.

강제병합의 과정이 법적인 절차를 거쳤기 때문에 문제될 것 없다고 믿는 것은 문자 그대로 일본 그들만의 '해석' 이다. 다수의 한국인들도 그렇게 생각할 것이라고 믿는다면 '인식의 자폐구조' 에 가깝다. 법적 절차 문제만 놓고 보더라도 강제성에 의한 위법적 병합이었다고 주장하는 한국측 역사학자들도 부지기수다.

의식의 수면 밑에 잠복된 민족주의는 대개 반응적 (responsive) 특징을 보인다. 자극되면 여론의 수면 위로 발화하는 것이다. 그것이 여론을 구성하는 감정(sentiment)이다. 한국인의 반일 민족주의 정서는 확산 속도가 빠르고, 감정상 토대가 매우 단단하다. 그리고 자발성의 특징을 가진다. 한국 국민들, 한 며칠 떠들다가 그만둘 것이라는 일부의 전망은 19세기 이래 한국, 한국인에 대한 비하와 냉소적 편견이 숨어 있다. 심지어 한국인들 중에 그런 생각을 하는 사람들도 있을텐데, 그것은 내재화된 일본식 오리엔탈리즘에 다름 아니다.

촛불시위를 상상하는 것조차 불가능한 일본에서는 한국 내 보통사람들의 정치적 결기를 제대로 이해하기 힘들 것이다. 한국인들이 얼마나 간절하게 강권주의의 역사 유산을 털어내려 하는지를. 일본에서는 잘 알기 힘들 것이다. '사지 않고, 가지 않겠다.'는 짧은 문장에 얼마나 피 끓어 오르는 결의가 정제(精製)되어 있는지를. 다시는 과거처럼 무기력하게 '당하고만 있지 않겠다'는 결의가 굳고 빠르게, 그리고 자발적으로 확산되어 갔다는 사실을 일본은 알지 못했을 것이다. 민족주의가 기본 사양으로 장착된 나라에서는 굳이 누가 조직과 동원의 의도를 갖지 않더라도, '지지 않겠다'는 결의 하나만으로도 대단히 큰 위력을 발휘할 수 있음을 일본은 잘 몰랐던 것이 틀림없다.

보은론(報恩論)의 국제정치

국제정치나 외교를 어떤 인식으로 바라보느냐의 질문은 꽤 핵심적 질문이다. 국제정치학자들의 시각이 나뉘는 것도 '관찰의 인식세계' 와 관련이 있다. 보통사람들의 국제정치관도 다르지 않다.

그런데 흥미로운 점이 하나 있다. (일부) 한국인들의 국제정치관에 등장하는 것 중 하나는 '보은론' 혹은 '은혜론' 이다. 최근 한일관계 갈등을 두고 모 언론인이 그의 칼럼에서 국제분업체계에 한국이 '초청' 받아 들어간 배경을 아느냐며 따져 물었다. '초청' 하고 '도와준' 미국과 일본의 의도는 '한국을 위해서' 라고 설명한다. 전형적인 '은혜론' '보은론'에 입각한 국제정치관이다.

현실주의 국제정치 인식이 필요이상으로 압도적인 한국인의 국제정치관에 이 '보은론'은 희한한 방식으로 결합되어 있다. 굳이 이해하자면 국가행동을 의인화해서 보거나, 인간사의 도덕적 원리를 국제정치에 적용한 것처럼 보인다. 현실주의 국제정치관과 도덕론이 결합되어 있는 것도 희한한 인식구조다. 가장 대표적 '보은론' 논리는 한미관계를 두고 가장 많이 등장한다. 미국이 한국에게 은혜를 베풀어 왔다는 인식이다. 태극기 부대 집회에 성조기를 등장시킨 것도 이와 무관하지 않을 것이다.

나는 개인적으로 현실주의 국제정치론의 경직된 논리를 경계하는 사람이지만, 그들 현실주의 논의를 빌리자면 '영원한 적도 영원한 우방도 없는' 곳이 국제정치다. 이익과 이익이 서로 충돌하기도 하고, 결합하기도 한다. 다른 나라에게 도움을 주는 것이 일반적 원리로 간주되는 국제개발협력(ODA) 사업도 따지고 보면 원조국의 이익과 무관하지 않다는 지적도 있다.

한국 전쟁에 미국의 참전이 미국의 동아시아 안보 전략적 이익, 특히 일본 안보를 지키기 위한 행동이었다는 점은 역사학자들이 공유해 왔던 오랜 설명이다. 결과로 나타난 현상, 즉 대한민국의 생존은 미국과 한국의 이익이 결합된 것이었다.

국제정치나 외교를 보은론이라는 렌즈로 보면 그 이면에 놓인 국가 행위의 동기를 포착하기 어렵게 된다. 일본이 65년 수직적 국제분업체계를 한국에 확장했던 것은 일본의 이익, 미국의 이익과 깊은 관련을 가진 것이었다. 실제 일본은 그 분업구조 속에서 누적 700조원이 넘는 이익을 거둬갔다. 한국이 그 분업구조 속에서도 마침내 발전에 성공하면서 한일 양국은 (여전히 불균등한 이익배분 구조지만) 이익을 공유하게 되었던 것이다. 은혜론, 보은론은 선악 이분법으로 국제정치를 바라보는 것만큼, 혹은 그보다 더 심각한 인식인 듯 보인다.

한반도로부터의 편지 (1)

- 관여 (engagement) 전략에 대한 생각

잘 지내고 계시지요?

동경도 서울 못지않게 무더운 여름이 시작되고 있을 것으로 생각합니다. 지구온난화 때문에 한국도 일본도 점점 아열대 지역으로 편입되어 가는 것은 아닐까 슬며시 걱정이 앞섭니다.

북미협상을 관찰하고 있는 언론보도를 보면, 전문가들의 언술을 인용하기도 하고 정부관계자들의 진술을 전하기도 합니다. 그런데 간혹 '북한의 비핵화가 완결되기 전까지 일체의 보상은 없다' 는 주장을 자주 접합니다. 일본에서 특히 그런 표현을 자주하는 것 같더라고요. 북한 행동이 못미더워서 하는 말일 겁니다. 북한으로서는 다소 억울하다고 생각하는 점도 있을 겁니다만.

'비핵화가 완결되기 전' 이라는 주장에는 비핵화를 특정한 '지점' 으로 간주하는 경향이 있는 것 같습니다. 그런 전제도 일리는 있습니다. 다만, 지점으로 간주하더라도 비핵화 완결에 대한 '정의' (definition)는 다양하리라고 봅니다. 관찰자에 따라 제각각입니다. 그 정의가 제각각이라면 비핵화라는 것이 지점이 아니라 하나의 '과정' 으로 봐야 하지 않을까요? 그것이 지점이건, 과정이건 간에 중요한 점은 북한의 행동을 변경하는 것에 목적이 있다고 봅니다.

북한의 행동을 변경하기 위해서 미국이 제안한 것이 '최대한의 압박과 관여 ' (maximum pressure and engagement)입니다. 한국도 이를 수용하고 있고, 일본도 큰 이견이 없어 보입니다. 압박과 관여를 결합해 둔 것은 '압박만으로 해법이 없다' 는 전제가 있기 때문이라고 봅니다. 압박은 처벌 그 자체가 목적이 아니라, 행동의 변경을 목표로 하기 때문입니다. 그러므로 압박은 처음부터 '전략적 계산' 을 전제로 하는 행동입니다. 전략이 없는 압박은 '압박을 가하는 측의 자기만족적 행동' 에 다름 아닙니다.

현 시점, 관여정책 (engagement)을 미국이 충분히 준비해 두고 있는 것처럼 판단되지는 않습니다. 대신, 최대한의 압박에 초점을 두고 있는 것은 확실해 보입니다. 그럴 수도 있지요. 북한을 그저 못미더운 대상으로 보니까요. 간혹 정책이란 것이 감정에 휘둘리는 경향도 많습니다. 그런데 관여정책이란 것이 무엇일까요? '비핵화 전에는 보상은 없다' 라고 강한 논조로 주장하는 사람들의 인식에는 관여가 곧 보상 (rewards)이라고 생각하는 경향이 있는 것 같습니다. 과연 그것이 관여정책의 핵심일까요? 아마 '행동 대 행동' (action to action) 원칙을 달리 해석하는 것에 생긴 오해가 아닌가 합니다. 더 깊이 들어가면 '북한 불신론' '북한 악마론' 담론이 그런 오해의 진원지이겠지요. '행동 대 행동' 이라는 원칙은 북미 양국이 합의된 목표를 추진하는 과정에서 상호의 이익을 확인해 가는 과정이라고 봅니다. 이익을 공유하고 교환하려는 과정에서 신뢰가 쌓여갈 것이라고 생각하는 편이 더 합리적 아닐까요?

제가 보기에 관여정책은 '약속의 프레임 속으로 북한 행동을 묶어 두는 과정' 입니다. 비핵화 길 위에서 내리지 못하게, 2017년 구도로 되돌아가지 못하게 만드는 것이 관여정책의 핵심이라고 봅니다. 그래서 관여정책의 궁극적 목표는 비핵화 과정을 통해 북한을 변화시키는 것에 있다고 봅니다. 그것이 1990년대 클린턴 행정부 시기 자주 언급되었던 '연착륙' (soft landing)의 의미입니다. 북한을 자유경제의 활주로 위에 부드럽게 착륙시키는 것이 관여정책입니다. 경착륙 (hard landing)은? 비행기가 부서질 정도의 착륙은 북한붕괴론, 혹은 전쟁을 통한 착륙일 것입니다. 그것이 지금 한국은 물론 일본에게도 전략적으로 옳은 방향은 아니겠지요?

2019년 6월 15일

한반도로부터의 편지 (2)

북미간 비핵화를 위한 실무협상이 여전히 어려움을 겪고 있다는 보도를 접하고 생각나는 것이 있어 몇 자 적습니다.

신뢰 (trust)에 관한 나의 평소 생각입니다. 워싱턴에서도 -- 아마 동경에서는 더욱 -- 북미협상이 신뢰부족 때문에 어렵다고 말하고 있습니다. 흥미로운 것은 북한도 꼭 같이 말하고 있다는 점입니다. 서로 신뢰가 결핍되어 있는 것은 분명한 사실 같습니다. 그런데 북한과 미국이 서로 '신뢰결핍' 의 원인 제공자라고 비난합니다. 그 상호비난 때문에 신뢰가 더 엷어지고 있는 것 같습니다.

이렇게 생각해 보는 것은 어떨까요? 국제정치 어느 시점이나 신뢰가 처음부터 충만한 국가들은 없습니다. 북한과 미국도 마찬가지고요. 적대관계를 그토록 오랫동안 유지해 왔으니 신뢰부족은 어쩌면 당연한 일입니다. 신뢰가 없어서 협상에 진척이 없다는 말도 이해는 됩니다. 그러나 그것이 협상이 불필요하다는 것을 증명하지는 않습니다. 오히려 협상 과정을 통해 신뢰를 더 쌓아야 할 관계라는 것을 명백히 증명하는 것입니다. 그러므로 신뢰는 '조건에 관한 문제' 가 아니라 '과정의 문제' 라고 규정하면 어떨까요? (It is not a matter of condition, but of process)

2019년 7월 25일

한반도로부터의 편지 (3)

- 변화와 지속성의 이원적 동력에 관하여

국제정치학 연구라는 같은 업종에서 대화를 나누어 온지도 거의 25년이군요.

올해 2019년 한일관계가 너무 뜨거워져서, 혹은 차가워져서 우리의 우정도 흔들리지 않을까 쓸데없는 걱정이 가끔 들 때도 있습니다. '냉정과 열정 사이' 그 어딘가에 외교도, 우정도 있다면 외교는 냉정에 가깝게 두고, 우정은 열정에 더 가깝게 유지하는 것이 현명하지 않을까 생각합니다.

대다수 일본 학자들의 걱정도 이해는 합니다. 2018년을 통해 한반도에 갑자기 큰 변화가 일어나고 있으니까요. 그 와중에 한

일관계가 극도로 나빠졌으니, 그 원인이 한국 정부의 대북전략 때문이라고 생각하는 것도 무리가 아닙니다. 오랜 기간 한반도는 분단되어 있었고, 분단을 상수(常數)로 간주해 왔던 전후 일본의 전략도 '있는 그대로의 현실' (as it is)을 봐왔다는 점에서 '현실적' (realistic)이라고 생각할 수도 있겠지요.

그러나 '변화' (change)라는 것에 대해서 함께 생각해 봤으면 합니다. 국제정치 역사에는 변화와 지속성의 원리가 항상 내재되어 있다고 생각해요. 국제정치 뿐 아니겠지요. 국내 정치사회 영역도 마찬가지겠지요. 그 안에는 미래로 움직이고자 하는 동력이 있는 반면, 현재에 머물고자 하는 동력도 있습니다. 앞으로 나가고자 하는 열망은 현실의 모순이란 것이 불편하기 때문입니다. 내일은 오늘보다 더 나을 것이라는 상상 때문입니다. 반면, 머물고자 하는 동력에는 불확실성에 대한 두려움이 있습니다. 이것을 혹자는 현상유지 (status quo)의 동력이라고 부르기도 합니다. 기존 체제에서 익숙해진 관습과 이익도 있겠지요. 현상유지를 선호하는 이유는 안정(safety) 혹은 익숙함 (comfort) 때문일 것입니다. 간혹 두려움과 게으름도 원인이기는 합니다.

한반도와 동북아의 판(板)이 크게 요동치고 있습니다. 한반도 평화공존으로 판형을 바꾸려는 사람들은 분단이 불편하기 때문입니다. 치열한 군사대립이 지긋지긋하기 때문입니다. 변화를 상상하는 사람들에게 한국이나 일본의 일부 전략가들은 '현실적으로 판단하라' (Be realistic)면서 비판합니다. '현실적' 이라는 단어에는 뭔가 '전략적' 이라는 의미가 내포된 듯 이야기 합니다. 그러나 내게는 '현실적' 이라는 단어가 '현상유지' 라고 들립니다. '현실적' '현상유지' 를 선호하는 논리가 절대적 명제였다면 인류의 문명은 조금도 변화하기 어려웠을 것입니다. 보다 나은 미래에 대한 상상이 인간의 삶을 바꾸어 왔던 힘이 아니었을까요?

한반도에서 남북한의 평화공존, 그리고 그것에서 발신되어 동북아 평화질서가 만들어진다면, 우리의 젊은 학생들이 당신의 고향 나고야에서 대학을 졸업하고 인턴은 서울에서, 취업은 상해에서 손쉽게 하는 날이 가능하지 않을까요? 한국과 일본의 청년들이 함께 여행단을 만들어 평양을 거쳐 런던까지 기차 여행할 수 있는 있는 날이 오지 않을까요? 한국과 일본의 기업들이 북한 개발에 공동 투자하여 공동의 이익을 나누는 미래가 불가능하지 않다고 생각합니다. 유럽의 경우가 그랬듯이, 적대적 대립의 시대보다 평화와 협력의 시대가 한일 기업들에게 더 많은 기회와 이익을 줄 수 있다는 상상이 필요합니다. 2019년 지금이야말로 동북아 공동비전 (joint vision)을 함께 고민해 봐야 할 최적의 시점이 아닐까 생각합니다.

조만간 서울에서 뵙지요.

2019년 8월 18일

익명의 저자

2019년 한국과 일본의 외교 갈등이 뜨거워지기 시작했던 무렵이었다. 나의 생각을 적은 메모를 친구에게 보냈다. 그냥 한 번 읽어보라고 하면서. 그런데 나의 친구가 그가 속해 있는 다른 단톡방에 그 글을 올렸다. 뒤이어 제기된 질문은 '글쓴이가 누구야' 였단다. 나의 정체를 밝혔는지 혹은 침묵했는지 확인은 하지 않았다. 나는 본의와 다르게 '익명의 저자' 가 된 셈이었다. 익명으로 글을 쓴다는 심리는 무엇일까? 익명으로 발표된 자신의 글이 영원히 익명으로 남고 싶을까? 사람마다 사정이 다를 테니 이렇다 저렇다 쉽게 결론내릴 일은 아니다.

2차 대전 종전 후 미국이 냉전전략을 디자인하고 실행에 옮기는 과정에 핵심 설계자는 조지 케넌 (George Kennan)이었다. 그는 미국 외교관이었고, 후일 유명한 역사학자 겸 정치학자가 되었다. 살기도 오래 살았다. 우리 나이로 102세에 타계했으니 말이다. 1946년, 소련 외교정책이 어떤 요인에 의해 만들어지느냐를 분석한 '장문의 전보' (이름 그대로 Long Telegram)를 국무성에 보냈다. 그런 이후 미국 백악관의 전략 결정 속도가 느리다고 판단한 케넌은 'Mr. X' 라는 '익명' 으로 유명 학술지 Foreign Affairs에 기고했다. 그 논문 안에 전후 미국 냉전전략의 핵심 개념인 '봉쇄전략' (containment strategy)이 있었다. 실제 미국 정부는 이 개념에 따라 세계전략을 짰다. 그리고 세계의 전략지도가 바뀌었다.

그 봉쇄전략은 (중간에 약간의 변용이 있었고, 그 때문에 케넌 자신은 분개했다고 알려졌지만) 사실 1990년대 중반 미국이 탈냉전기 관여전략 (engagement strategy)으로 공식 대체하기 전까지 미국의 핵심 세계전략이었다. 봉쇄전략의 공과는 미국 역사학자들 사이에도 논쟁적이다. 정작 케넌은 외교관으로서는 일찍 커리어를 접었고 대학으로 방향을 틀었다. 그리고 저명한 학자가 되었다.

익명으로 어떤 글을 기고하려고 결심했을 때, 그 심리는 무엇이었을까? 무엇인가 글을 통해 변화는 주고 싶은데 공개적으로 나서지 못하는 제한, 그리고 두려움 같은 것이 있었을 것이다. 그러나 독자의 입장에서는 묘한 '신비감'을 느낀다. 그 신비감 때문에 오히려 글의 설득력이 더 생기는 것인지도 모른다. 격(格)이야 맞겠냐마는 '익명' 두 글자 때문에 나는 전략의 역사 속을 잠시 산책하였다.

다리가 되고 싶은 나라

미국 대중음악사에 길이 남을 전설적 듀오, 사이먼 앤 가펑클(Simon and Garfunkel)의 노래 중, "험한 세상에 다리가 되어"(Bridge over Troubled Water)라는 노래가 있다. 가펑클의 미성이 유난히 돋보이는 이 노래는 가사 내용도 함의가 풍부하다. 세상이 험한 바다처럼 너를 불편하게 만들 때, 주위를 둘러봐도 기댈만한 친구 한 사람 보이지 않을 때, 내가 '험한 바다 위의 다리처럼' 너의 안식처가 되어 주고 싶다는 그런 내용이다. 물살이 거센 바다 위의 다리는 안전한 곳에 이르게 하는 구원과 같은 의미다. 일상적 의미에서 다리는 육지와 섬, 섬과 섬 사이를 연결하는 소통의 의미가 있다. 단절을 넘어서고 싶다는 열망이 다리로 형상화된다.

한국이 교량국가 (bridging state)가 되고 싶다고 의지를 밝혔다. 험한 국제정치의 현장에서 다리가 되고 싶다는 뜻은 두 가지 의미를 지니고 있다. 하나는 지정학적 의미로서의 교량국가론이고, 다른 하나는 국제정치 위상 (position)으로서 갖는 교량국가론이다.

지정학적 의미의 교량국가론은 반도(半島)에게 짐 지워진 운명을 극복하고 싶다는 의지다. 국제정치를 '대륙세력 vs. 해양세력' 관계로 해석하면 반도의 운명은 참으로 측은하다. 전통적 지정학의 시각에서 보면 국제정치는 대륙세력과 해양세력 간의 끊임없는 대결구도다. 반도는 그 둘 사이에 끼어있어 외교적으로 움직일 수 있는 공간 이 위축되고 협착되어 버린다. 그렇게 부여된 지정학적 한계를 넘고 싶다는 의미다. 오히려 대륙으로도 나아가고 바다로도 진출이 열려 있는 하이브리드 위상으로 발상을 전환하겠다는 것이다. 그런 배경에서 한국은 신북방정책, 신남방정책의 꿈을 발신한 바 있다. 문재인 정부는 출범 초 '동북아평화협력플랫폼' 이라는 구상을 밝혔다. 플랫폼(platform)의 기능적 의미는 단절이 아니라 소통과 연결이다. 대륙과 해양을 연결하는 역할을 하겠다는 의지다. 외교 기동력의 공간, 이익 공간을 넓히는 과정을 통해서다. 노무현 정부 시절, 언론과 학계의 타박을 견디지 못하여 역사 저 편으로 사라졌던 동북아 중심국가론의 신념을 계승하고 있다. 2019년 아베는 진영화 대결구도 조기 형성을 강압하려 했지만, 그것에 굴하지 않고 소통을 확대해 나가겠다는 의지를 보여 준 것이다. 소통은 중추(피봇)국가가 지녀야 할 핵심 전략의 하나다. 대립구도보다는 협력질서가 우리에게는 물론, 주변국들에게도 더 많은 이익이 된다는 점을 전제로 하고 있다. 교량국가론에서 향후 한국의 외교전략 미래 방향이 읽힌다.

교량국가론의 또 다른 의미는 중견국가로서의 기능적 의미다. 이른바 선진국들과 개도국을 연결하는 역할이다. 개발도상 국가들에 대해서는 개발협력정책을 통해 한국의 산업화 성공의 발전 경험을 공유하면서도, OECD 내 다른 회원국가들과는 발전의 새로운 아젠다를 개발하고 공유하는 역할이다. 한국은 이미 G-20라는 새로운 지구적 정치 거버넌스의 일원이 되었다. 한국에게 세계적 공존과 공생발전을 위한 중간자적 역할이 주어졌다는 의미다. 교량국가로서 리더십, 이것이 한국에게 주어진 시대적 소명이기도 하다.

교량국가론은 노무현 정부의 동북아 균형자론의 꿈을 부활시킨다. 2005년, 동북아 균형자론이 제시되었을 때, 학계와 언론의 맹공을 가히 살벌했다. '힘도 없는 국가가 무슨 균형자냐' 라는 비판에서부터 심지어 '한미동맹을 깨뜨리려 하느냐' 까지 비판(혹은 비난)이 드셌다. 균형을 '힘의 균형' 관점에서만 보는 시선의 경직성 때문이었다. 현실주의 구조론이 얼마나 한국인들의 국제정치적 인식을 압도하고 있는지 새삼 느꼈던 시절이었다. 당시 동북아 균형자론에 대한 해설을 논문으로 발표한 일이 있었다. (당시 많은 사람들의 무관심 속에 발표되었던) 이 논문의 핵심 주장은 균형자론이 세력균형이 아니라 한국의 외교적 역할, 즉 제안자, 중개자, 촉진자 역할을 수행하는 것이라고 설명했던 적이 있다. 이 개념은 세월이 흘러 '한반도 운전자론' 으로 다시 되살아나기는 했다.

균형은 힘의 균형만을 의미하는 것이 아니다. 더욱이 균형을 의미하는 영어개념으로도 balance와 equilibrium은 또 다른 의미다. 후자는 '평형' 이라고도 번역되는데, 평형상태가 위협받아 비평형상태 (disequilibrium)가 되면, 힘이 약한 나라에게 돌아 갈 위험부담이 커지기 마련이다. 그것을 회피하고자 하는 전략이 균형자론이고 교량국가론이다. 소통과 연결을 통해 교량국가가 추구해야 하는 '균형점'은 국가들간 "이익의 균형"이다. 심각한 이익의 불균형 상태가 협상의 기회를 축소시키는 것은 자명한 이치다. 외교란 결국 관련 국가들간 공유된 이익을 확인해 가는 과정이기 때문이다.

냉전의 기간 동안 한반도 남쪽의 한국은 섬도 아니면서 섬 같은 운명을 겪었다. 이러한 운명적 한계를 넘어서고 싶다는 열망을 표현해 왔다. 환황해 경제권, 환동해경제권, 그리고 동아시아 철도공동체 제안도 그런 맥락이었다. 심지어는 한국의 지정학적 위상을 표현하는 개념으로 해륙국가(海陸國家)라는 용어를 쓰자는 제안도 있었다. 반도의 운명이 얼마나 고달팠는지를 새삼 느끼게 한다. 섬도 아니면서 섬 같은 위상은 그만큼 단절을 강요받았다는 자의식이다. 스스로 다리가 되고 싶다는 나라, 다리가 되어 국제정치의 험한 도전들을 이겨내고 싶다는 나라가 한국이다.

피봇팅 (pivoting) 전략

중학교 시절, 나는 농구선수였다. 부산에서 정식 농구부가 있었던 동아중학, 금성중학은 넘사벽이었으나 그런대로 꽤 잘했다. 1년 후배 중에 후일 국가대표가 된 친구도 있었다. 농구선수 출신이었던 체육교사로부터 기본기를 배웠다. 패스와 레이업 (러닝숫)으로부터 시작해서 다양한 기술과 전술을 배웠다. 페인트 모션이 눈빛 동작만으로도 가능하다는 것도 그 때 알았다. 그 무렵 배웠던 농구 기초의 하나가 피봇(pivot)동작이다. 워킹반칙을 피하기 위해, 한 발은 고정시켜두고 다른 한 발만 움직이며 몸을 회전시킨다. 피봇 동작을 하면서 우리 편 선수들의 위치를 확인하고 상대편 선수들 동작을 간파해야 한다.

2019년 한일 갈등이 심각한 수준까지 치달았다. 여기에는 다양한 요인들이 복합적으로 작동했다. 성품상 도저히 케미가 맞지 않는 양국의 정치지도자 요인도 있다. 문재인 대통령과 아베신조 일본 수상은 역사관, 전략관이 판이하게 다른 정치인들이다. 외교적 관리를 제대로 못한 양국 정부의 책임도 있다. 거기에 더하여 감정적으로 달아오른 양국 사회 분위기도 원인의 하나다. 특히 일본 내 혐한의 '공기(空氣)' 는 상업적 이익의 메커니즘 속에서 자라왔다. 사회 분위기가 상식적 선을 넘으면 통제가 불가능해진다. 그러나 갈등의 가장 중요한 원인은 한계에 도달한 65년 체제 때문이다. 65년 체제는 '식민지 청산' 과 '반공' 이 결합된 체제였다. 그 속에서 한국은 일본이 주도하는 수직적 국제분업 구조 속으로 편입되었다.

65년 체제는 처음부터 불완전했다. 식민지 지배에 대한 해석이 달랐기 때문이다. 그런데 탈냉전이 되면서 반공이 양국의 결합 고리에서 사라졌다. 탈냉전기에 들어 양국은 반공을 대체할 전략적 이익을 찾지 못한 채 표류해왔고 그 와중에 불완전했던 식민지 청산 이슈가 수면 위로 떠오른 것이다. 2018년 한국 대법원의 판결은 65년 청구권 합의가 '불완전했다' 는 사실에 대한 법적 해석이었다. 그 기준은 '피해자 중심' '식민지 불법성' 이었다.

아베정부는 수출규제 결정으로 전략적 속내를 성급하게 드러냈다. 한국을 미일 동맹의 하위구조에 두면서 본때를 보이겠다는 의도였다. 딴에는 한국의 급소를 쳤다고 생각한 듯하다. 그러나 그 결정은 무모했다. 강권주의 시대의 상처를 어떻게든 극복하고 싶어 하는 한국 국민들의 정서를 제대로 이해하지 못했다. 굴욕의 역사를 다시는 되풀이 하지 않겠다는 민족주의적 결의를 기본사양 (default)으로 장착하고 있는 것이 한국인들의 정서다. 아베는 19세기 제국주의 시대의 역사관을 21세기에 재현하고 싶어 한다. 그러니 한국 국민들은 더 반발한다. 19세기 서양 제국들도 모두 식민지를 가졌는데 한국 강제병합한 일이 뭐 그리 나쁜 짓인가 라면서 오히려 뻔뻔하게 되묻는다. 그런 태도는 점점 후안무치(厚顔無恥)의 지경에 이르렀다. 21세기에 이르러서도 여전히 19세기 역사관으로 한국을 대하려는 태도 때문에 한국 국민들은 더 분노한다.

아베가 고려했던 자국의 국내 정치적 목적도 있었다. '국가 밖에 적을 만들고 위협과 적대감을 재생산하려는 목표' 다. 그것을 이용하여 헌법개정, 대외 군사적 활동범위의 확대 수순으로 진행하려 했던 것이 아베의 셈법이었다. 미중 갈등이 노골화되어가는 상황을 이용하여 동북아 지역에서 진영화 구도를 서둘러 형성하려는 의도가 있었다. 한국의 급소를 치면, 한국이 외교적 고립을 두려워 할 것이라고 판단했을 것이다. 수출규제를 결정하면서 한국을 안보상 신뢰할 수 없는 국가라고 이유를 댔던 것도 그런 이유였다.

아베의 도전에 대한 문재인 정부의 전략적 대응은 단호했다. 수출규제가 안보상 이유라고 주장한다면 같은 안보논리로서 대응조치를 취한 것이 한일군사정보보호협정 (GSOMIA) 중단 결정이었다. 아베의 '한국 때리기' 때문에 서쪽으로 밀리지 않으면서도, 동시에 동쪽의 하변으로 무기력하게 흡인되지 않겠다는 의지였다. '흔들리지 않는 나라' 가 되겠다는 발언은 그런 배경에서 나왔다. 편 가르기 게임을 벌이려는 아베정부에 대한 경고다. 동북아에서 진영화구도가 만들어지면 대립의 접점은 다시 한반도에 집중된다. 비용은 한국 몫이다. 대신 한반도 평화프로세스를 더 견고하게 만들어 대립이 아니라 공존의 새로운 길을 열겠다는 의지다.

한국의 위상은 동북아 중추국가 (pivot state)다. 주변 국가들에 비해 힘은 상대적으로 약하지만, 어느 한편으로 기울기로 결정하면 지역 전체의 판이 기울어지는 그런 국가가 중추국가다. 중추

국가의 전략 구상에서 고민해야 하는 것은 실제로 스텝을 움직일 것인가의 판단이다. 지역의 새로운 판형이 우리 이익을 보장한다면 그때는 움직여야 한다. 2019년 여름, 아베의 도전은 고의적인 신체접촉 파울 (intentional physical foul)에 가까울 정도로 위협적이었다. 그러나 미중 갈등은 이제 막 시작했을 뿐이다. 그래서 아베의 결정이 조급해 보이고 섣부른 티가 났다.

아직 스텝을 본격 옮길 때가 아니라면 그 이전에 중추국가의 전략은 무엇이어야 할까? '페인트 모션' 이다. 스텝을 옮기는 척하는 것이다. 옮길 수 있고, 옮기지 않을 수도 있다는 메시지와 동작을 수시로 발신해야 한다. GSOMIA 중단 결정이나 조건부 연장 통보 등의 메시지도 그런 것이다. 그러므로 피봇팅 전략이 중추국가의 기본 전략이다. 개인사에서는 '기회주의' 라 부를 것이나, 외교현장에서는 이를 '외교 유연성' 이라 부른다. 유연성은 담대함, 기지(機智), 창의력을 갖춰야 가능하다. 결기와 저항도, 심지어 교태(嬌態)도 외교적 유연성의 틀 속에서 작동한다. 한국은 지금 피봇팅 중이다.

전략적 위선의 기술

약소국으로 살았던 일은 참 분하고 슬픈 일이다. 19세기 말, 한반도에는 제국주의 열강들이 뿜어대는 욕망의 열기가 넘쳐났다. 서구 제국주의 국가들은 말할 것도 없고, 중국과 일본이 한국에게 가했던 압력은 매우 거칠었다. 그 무렵 중국과 일본 또한 근대국가로 변신하기 위해 몸부림을 치고 있었다. 부국강병을 앞세웠다. 한반도를 타겟으로 삼았다. 누가 먼저 한반도를 지배할 것인가를 두고 청일 양국은 국가 명운을 걸고 덤벼들었다.

한반도는 폭풍 앞에 놓인 등불이었다. 개화와 독립을 염원했으나 제국주의 욕망이 워낙 드세었던 시대였다. 당시 지배층들이 국내 역량을 결집하고 동원하여 그 험한 도전들을 이겨내려고 했었다면 얼마나 좋았으랴. 그나마 골몰했던 방도는 외교 전략이었다. 열강들 상호견제 심리를 이용해 보겠다며 균세전략에 몰두했다. 관련국들이 한반도 땅 위에서 이익과 힘의 균형 (balance)을 이루겠다고 결정해야 균세가 가능해진다. 그러나 무엇보다도 균세를 열망하는 한반도 스스로의 결기와 자신감, 유연성 전략이 균세전략의 바탕이 되어야 한다. 그것이 없으면 자칫 열강 이익만 대변하게 된다. 친청파가 득세하기도 했고, 친일파 친미파 친러파도 등장했다. 갈려진 그들의 명분과 셈법이 각각 달랐다. 지배층들의 다툼 속에서 균세전략을 통한 독립보전이라는 공익은 점차 실종되어 갔다. 열강의 꼭두각시들만 남게 되었다. 결국 일본의 식민지로 전락하면서 친일파들의 사적(私的) 이익만 충족되었다.

약소국 처지는 이론적으로도, 현장 논리로도 참 서글픈 일이다. 주변국들은 여전히 자기 마음대로 한반도를 다루려는 인식 경향이 남아 있다. 소위 강대국 논리다. 한반도에 덧씌워진 지정학적 인식은 끈질기게 남아 있다. 대륙국가, 해양국가 운운하는 해묵은 이론이다. 따라서 예나 지금이나 한국으로서는 외교 전략을 잘 구사해야 생존의 길이 생긴다는 이치에는 변함이 없다. 살아남기 위해서는 대단한 용기와 지혜가 필요하다. 때론 완강한 저항도 필요하고, 때론 굴욕을 감수하는 편승도 필요하다. 버티기도 해야 하고, 애교에 가까운 설득력도 겸비해야 한다. 유연해야 하지만 자존감을 잃지 않겠다는 결심도 필요하다.

한국 외교에는 어제도 오늘도 험난한 도전들이 앞을 가로막는다. 강대국 게임 속에서 움직일 수 있는 공간이 협소한 탓이다. 열강의 욕망들이 다시 꿈틀대는 동북아에서 한국이 어떻게 살아야 할지 길을 찾는 일은 국가 운명을 결정짓는 시대적 요청이 되었다. 국력수준으로는 중견국이 되었으나 처지는 약소국 시절이나 별반 다름이 없다.

국력이 열세인 국가의 외교전략 핵심은 기동성이다. 동맹을 안전판으로 활용해야 하지만, 시종일관 동맹에만 편승하면 외교적 식민지나 다름없다. 몸을 비틀어 움직일 수 있는 공간을 넓혀야 하고 다양한 옵션으로 채비해야 한다. 기동성은 전략적 위선(僞善)과 병행되어야 한다. 위선은 선한 가치를 앞장세워야 한다는 뜻이다. 그것도 보편적 가치일수록 위선의 전략적 효과는 커진다. 그것을 표면에 세워두고, 전술은 유연하고 기동성 있어야 한다.

한반도와 동북아 평화담론을 전략 간판에 세워둔 것은 잘한 일이다. 유약한 평화 개념이 아니라 안보를 포괄하는 평화다. 그 가치 위에서 북한과 주변국들을 다루는 기술에 따라 우리의 외교공간이 넓어질 수 있다. 돌이켜 보면 남북관계가 경색될 때마다 외교 기동성이 떨어지곤 했다. 한반도 평화를 위한 선순환구도를 어떻게 만드느냐가 외교 기동성의 관건이다. 국내 의견은 다양하기 마련이다. 그 다양성을 대외 전략에 잘 활용하는 것도 외교 기동성의 토대다. 그래서 위기에 처할수록 담대하고 현명한 리더십이 필요하다. 보통사람들의 결기를 창의적 에너지로 결집시킬 수 있는 그런 리더십이 필요하다. 그런 토대 위에서 외교적 기동성이 발휘될 수 있다.

약소국으로 살아왔던 역사는 참으로 서러운 일이었지만, 그렇다고 기회조차 스스로 버릴 이유는 없다.